우리가 길이라 부르는 망설임

세계시인선

58

우리가 길이라 부르는 망설임

프란츠 카프카

편영수 옮김

카프카 드로잉 시전집
Was wir Weg nennen, ist Zögern
Franz Kafka

차례

1부

광야를 통과해야 한다

1

Es gibt ein Kommen

und ein Gehn

Ein Scheiden

und oft kein —— Wiedersehn.

2

Kühl und hart ist der heutige Tag.

Die Wolken erstarren.

Die Winde sind zerrende Taue.

Die Menschen erstarren.

Die Schritte klingen metallen

Auf erzenen Steinen,

Und die Augen schauen

Weite weiße Seen.

3

In dem alten Städtchen stehn

Kleine helle Weihnachtshäuschen,

Ihre bunten Scheiben sehn

Auf das schneeverwehte Plätzchen.

Auf dem Mondlichtplatze geht

1
오고
감
이별이 있다
그것도 자주 ── 재회는 없다.

2
오늘 서늘하고 칙칙하다.
구름은 굳어 있다.
바람은 잡아당기는 밧줄이다.
사람들은 굳어 있다.
발걸음은 금속성 소리를 낸다
청동과 같은 돌에 부딪혀,
그리고 두 눈은 바라본다
넓고 흰 바다를.

3
오래된 소도시에 서 있다
작고 밝은 크리스마스 장식을 한 집들이,
그 집들의 다채로운 유리들이 쳐다본다
눈발이 흩날리는 작은 광장을.
달빛이 밝은 광장에서 걸어간다

Still ein Mann im Schnee fürbaß,
Seinen großen Schatten weht
Der Wind die Häuschen hinauf.

4

Menschen, die über dunkle Brücken gehn
    vorüber an Heiligen
      mit matten Lichtlein.

Wolken, die über grauen Himmel ziehn
    vorüber an Kirchen
      mit verdämmernden Türmen.

Einer,
der an der Quaderbrüstung lehnt
    und in das Abendwasser schaut,
      die Hände auf alten Steinen.

5

Bild meiner Existenz

eine nutzlose,

조용히 한 남자가 눈을 맞으며 앞을 향해,
그 남자의 커다란 그림자를
바람이 그 작은 집들 위로 옮긴다.

4
사람들, 뿌연 작은 전등을 들고
성자들 곁을 지나
어두운 다리를 건너는.

구름들, 노을에 물든 탑이 솟은
교회들 옆을 지나
잿빛 하늘 위를 흐르는.

한 사람,
마름돌 난간에 기대어
저녁 강을 바라보는
두 손을 오래된 돌에 얹고.

5
내 실존의 형상

쓸모없는,

mit Schnee und Reif überdeckte,

schief in den Erdboden

leicht eingebohrte Stange

auf einem bis in die Tiefe

aufgewühlten Feld

am Rande einer großen Ebene

in einer dunklen Winternacht.

6

Wenn ich des Nachts

vom Turm her komme jede Nacht,

wie ist das zähe, dunkle Wasser

unter dem Licht der Laterne

körperlich langsam bewegt.

Wie wenn ich über einem Schlafenden

die Laterne entlang führen würde

und er nur infolge des Lichtes

sich dehnen und drehen würde

ohne zu erwachen.

눈과 서리로 뒤덮인,
비스듬히 대지 속으로
쉽게 구멍을 뚫고 들어간 막대기
어두운 겨울밤
드넓은 평야의 가장자리의
땅속 깊은 곳까지
파헤쳐진 들판 위에.

6
내가 밤에 탑에서 걸어 나오자
매일 밤 그렇듯이
더디게 흐르는, 어두운 강물이
등불의 빛을 받아
자연 법칙에 따라서 천천히 움직인다.

이것은 마치 잠자고 있는 사람 위로
등불을 가져가면
그 사람이 불빛 때문에
기지개를 켜거나 돌아눕지만
눈을 뜨지 않는 것과 같다.

7

Öde Felder,

öde Fläche,

hinter Nebeln

das bleiche Grün

des Mondes.

8

Wiederum, wiederum,

weit verbannt, weit verbannt.

Berge, Wüsten, weites Land

gilt es zu durchwandern.

9

Nimmermehr, nimmermehr

kehrst du wieder in die Städte,

nimmermehr

tönt die große Glocke über dir.

10

Durch die Allee

eine unfertige Gestalt,

7
황량한 들,
황량한 평지,
안개 뒤에는
달의
창백한 푸른빛.

8
또다시, 또다시,
멀리 추방된다, 멀리 추방된다.
산, 사막, 광야를
통과해야 한다.

9
결코, 결코
너는 도시로 다시 가지 않는다,
결코
큰 종이 네 머리 위에서 울리지 않는다.

10
가로수 길을 걷고 있는
미숙한 사람,

der Fetzen eines Regenmantels,

ein Bein,

die vordere Krempe eines Hutes,

flüchtig von Ort zu Ort

wechselnder Regen.

11

Was stört dich?

Was reißt an deines Herzens Halt?

Was tastet um die Klinke deiner Türe?

Was ruft dich von der Straße her

und kommt doch nicht

durch das offene Tor?

Ach, es ist eben jener, den du störst,

an dessen Herzens Halt du reißt,

an dessen Tür

du um die Klinke tastest,

den du von der Straße her rufst und

durch dessen offenes Tor

du nicht kommen willst.

레인코트의 찢어진 조각,
한쪽 다리,
모자의 앞쪽 차양,
발 빠르게 이곳저곳 장소를
옮기는 비.

11
너를 방해하는 것이 무엇이냐?
너의 마음의 안정을 잡아채는 것은 무엇이냐?
네 방문의 손잡이를 더듬는 것은 무엇이냐?
거리에서 너를 부르면서도
열린 문으로
들어오지 않는 것은 무엇이냐?

아아, 네가 방해하고 있는,
네가 그 마음의 안정을 잡아채고 있는,
네가 그 방문의 손잡이를 더듬고 있는,
네가 거리에서 부르면서도
그 열린 문을 통해
들어오려고 하지 않는
바로 그 사람이다.

12

Im Bett,

das Knie ein wenig gehoben,

im Faltenwurf der Decke daliegend,

riesig wie eine steinerne Figur

zur Seite der Freitreppe

eines öffentlichen Gebäudes,

starr in der lebendig

vorbeitreibenden Menge

und doch mit ihr in einer fernen,

in ihrer Ferne

kaum zu fassenden Beziehung.

13

Wie der Wald im Mondschein atmet,

bald zieht er sich zusammen,

ist klein,

gedrängt,

die Bäume ragen hoch,

bald breitet er sich auseinander,

gleitet alle Abhänge hinab,

ist niedriges Buschholz,

12
침대에서,
무릎을 약간 세우고,
주름진 이불을 덮고 누운 채,
어느 공공건물의
야외 계단 옆에
석상처럼 거대하게,
활기차게 움직이는 군중 속에서
움직이지 않고
군중과 멀리 떨어져서,
군중과 전혀 이해할 수 없는
그런 먼 관계를 맺는다.

13
달빛 속에서 숲이 숨을 쉬듯이,
숲은 금방 오므라들어,
작고,
빽빽하다.
나무들은 높이 솟아 있다,
금방 숲은 넓어지고,
모든 산허리를 따라 미끄러져 내려가다가,
키 낮은 덤불이 된다,

ist noch weniger,
ist dunstiger, ferner Schein.

더욱 작아진다,
희미한, 멀리 떨어진 빛이다.

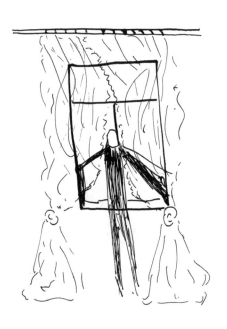

펠리체 바우어와 프란츠 카프카

검정 양복을 입은 무뚝뚝한 남자

2부

지옥의 가면을 쓰고 있다

14

In der abendlichen Sonne

sitzen wir gebeugten Rückens

auf den Bänken in dem Grünen.

Unsere Arme hängen nieder,

unsere Augen blinzeln traurig.

Und die Menschen gehn in Kleidern

schwankend auf dem Kies spazieren

unter diesem großen Himmel,

der von Hügeln in der Ferne

sich zu fernen Hügeln breitet.

15
Die Bäume

Denn wir sind

wie Baumstämme im Schnee.

Scheinbar liegen sie glatt auf,

und mit kleinem Anstoß

sollte man sie wegschieben können.

14
석양 속에
우리는 등을 구부리고 앉아 있다
초원의 벤치에 두 팔을 아래로
축 늘어뜨린 채
두 눈은 슬프게 깜빡인다.

그리고 사람들은 옷을 입고
비틀거리면서 자갈밭을 산책한다
저 멀리 언덕으로부터
머나먼 언덕까지 펼쳐져 있는
이 거대한 하늘 아래서.

15
나무들

우리가 눈 속에
파묻힌 나무들과 같기 때문이다.
겉보기에 나무들은 불안하게 서 있어,
작은 충격에도
옆으로 쓰러질 수도 있다.

Nein, das kann man nicht,

denn sie sind fest

mit dem Boden verbunden.

Aber sieh,

sogar das ist nur scheinbar.

16

Aus dem Grunde

der Ermattung

steigen wir

mit neuen Kräften

Dunkle Herren

welche warten

bis die Kinder

sich entkräften

17

Dieser Flaschenzug im Innern

Ein Häkchen rückt vorwärts,

irgendwo im Verborgenen,

아니, 그럴 수는 없다,
나무들은 땅과 단단하게
결합되어 있기 때문에.
그런데 사실,
그것조차도 단지 겉보기에 그럴 뿐이다.

16
권태의
골짜기에서
우리는 벗어난다
다시 힘을 내어

어린이들이
피로해질 때까지
기다리는
수상한 남자들

17
마음속 이 도르래

작은 레버가
어딘가에서 은밀히 풀린다.

man weiß es kaum

im ersten Augenblick, und schon

ist der ganze Apparat in Bewegung.

Einer unfaßbaren Macht unterworfen,

so wie die Uhr

der Zeit unterworfen scheint,

knackt es hier und dort

und alle Ketten rasseln

eine nach der andern

ihr vorgeschriebenes Stück herab.

18

Nichts, nichts, nichts.

Schwäche,

Selbstvernichtung,

durch den Boden gedrungene Spitze

einer Höllenflamme.

19

Sinnlosigkeit der Jugend.

Furcht vor der Jugend,

처음에 나는 전혀 그 사실을 알지 못한다.
그런데 갑자기
장치 전체가 움직인다.

시계가 시간에 굴복하듯이,
이해할 수 없는 어떤 힘에 굴복해
여기저기 딱딱 소리가 들리고
모든 사슬이 연달아
철커덕거리는 소리를 내며
미리 정해진 거리만큼
아래쪽으로 움직인다.

18
공허, 공허, 공허.
무력함,
자기 파괴,
땅을 뚫고 나온
한 줄기 지옥의 불꽃의 끝.

19
청춘의 무의미.
청춘에 대한 두려움,

Furcht vor der Sinnlosigkeit,

vor dem sinnlosen Heraufkommen

des unmenschlichen Lebens.

20

Alles vergessen.

Fenster öffnen.

Das Zimmer leeren.

Der Wind durchbläst es.

Man sieht nur die Leere,

man sucht in allen Ecken

und findet sich nicht.

21

Es fuhren die Neger

aus dem Gebüsch.

Um den

mit silberner Kette

umzogenen Holzpflock

warfen sie sich im Tanz.

Der Priester saß abseits

무의미에 대한,
비인간적인 삶의 무의미한 상승에 대한
두려움.

20
모든 것을 잊다.
창을 연다.
방을 치운다.
바람이 그 방을 휙 지나간다.
나는 공허만 본다,
나는 구석구석 찾지만
자신을 찾지 못한다.

21
흑인들이
덤불에서 걸어 나왔다.
은(銀)사슬로
주변을 에워싼 말뚝
주변에서
흑인들은 춤을 추느라 정신이 없었다.

목사는

ein Stäbchen

über dem Gong erhoben.

Der Himmel

war umwölkt

aber regenlos und still.

22

Träume und weine

armes Geschlecht

findest den Weg nicht,

hast ihn verloren

Wehe!

Ist Dein Gruß am Abend,

Wehe!

Am Morgen

Ich will nichts

nur mich entreißen

Händen der Tiefe

die sich strecken

mich Ohnmächtigen

hinabzunehmen.

징 위에 작은 막대기를 들고
떨어져 앉아 있었다.
하늘은
구름이 꼈지만
비는 오지 않고 고요했다.

22
불쌍한 족속이여
꿈을 꾸고 울어 봐라
너는 길을 찾지 못한다,
길을 잃었다
아, 이럴 수가!
이것이 너의 저녁 인사다,
아, 이럴 수가!
아침 인사다

나는 아무것도
하고 싶지 않다
그저 무력한 나를
끌어내리기 위해
뻗치는 심연의 양손을
뿌리치고 싶다.

Schwer fall ich
in die bereiten Hände.

23

Entkleidet ihn, dann wird er heilen,
Und heilt er nicht, so tötet ihn!
'Sist nur ein Arzt, 'sist nur ein Arzt.

24

Freut Euch, Ihr Patienten,
Der Arzt ist Euch ins Bett gelegt!

25

Ach sie trugen,
Larven der Hölle,
verhüllte Grimassen,
eng an sich gedrückt
den Leib.

26

Es ist das Alter der Wunde,
mehr als ihre Tiefe und Wucherung,

나는 준비가 된 양손 안으로
무겁게 추락한다.

23
그의 옷을 벗겨라, 그러면 그가 치료할 것이다.
그리고 그가 치료하지 않으면, 그를 죽여라!
그는 단지 의사일 뿐, 단지 의사일 뿐.

24
기뻐하라, 너희 환자들이여,
의사가 너희들의 침대에 누웠다!

25
아아 그들은 쓰고 있었다,
지옥의 가면을.
찡그린 얼굴을 숨기고 있었다,
몸을
서로 밀착한 채.

26
상처가 고통스러운 것은,

das ihre Schmerzhaftigkeit ausmacht.

Immer wieder

im gleichen Wundkanal

aufgerissen werden.

Die zahllos operierte Wunde

wieder

in Behandlung genommen sehn,

das ist das Arge.

27

Die Angriffe,

die Angst.

Ratten, die an mir reißen

und die ich

durch meinen Blick vermehre.

28

Wie ein Eichhörnchen im Käfig.

Glückseligkeit der Bewegung,

Verzweiflung der Enge,

Verrücktheit der Ausdauer,

상처의 깊이와 병적인 증식이 아니라,
상처의 묵은 햇수이다.

동일한 상처 부위가
계속해서
갈라진다.
수없이 수술을 받은 상처가
다시
치료받는 것을 보는 것,
그것이 기분 나쁜 것이다.

27
공격,
불안.
나를 잡아 뜯는
그리고 내가 바라보면 수가 늘어나는
쥐 떼.

28
쳇바퀴에 갇힌 다람쥐처럼,
움직임의 행복,
협소함의 절망,

Elendgefühl

vor der Ruhe des Außerhalb.

Alles dieses

sowohl gleichzeitig

als abwechselnd,

noch im Kot des Endes.

29

Ein

Käfig

ging

einen Vogel suchen.

30

Die Guten gehn

im gleichen Schritt.

Ohne von ihnen zu wissen,

tanzen die andern

um sie

die Tänze der Zeit.

인내의 광기,
외부의 정적 앞에서의
불행한 기분.
이 모든 것이
동시에 그리고 간헐적으로,
아직도 종말의 진창 속에
나타난다.

29
새장이
새를
찾으러
나섰다.

30
선한 사람들은
보폭을 맞추어 걷는다.
다른 사람들은
선한 사람들에 대해 모르면서,
그들 주위에서
시대의 춤을 춘다.

31

Noch spielen

die Jagdhunde im Hof,

aber das Wild

entgeht ihnen nicht,

so sehr es jetzt schon

durch die Wälder jagt.

32

Die Menschheitsentwicklung —

ein Wachsen

der Sterbenskraft.

33

Hilf mir!

Hilf Dir selbst.

Du verläßt mich?

Ja.

Was habe ich Dir getan?

Nichts.

31
여전히 사냥개들은
뜰에서 놀고 있다,
하지만 맹수는
사냥개들에게서 도망치지 못한다,
지금 벌써 숲속을
질주하고 있더라도.

32
인류의 발전은 —
죽음의 힘의
확대.

33
절 도와주세요!
스스로 당신을 도우세요.

당신은 저를 버릴 건가요?
네.

제가 당신에게 무슨 짓을 했는데요?
아무것도 하지 않았어요.

34

Du Rabe, sagte ich,

Du alter Unglücksrabe, was tust Du

immerfort auf meinem Weg?

Wohin ich gehe, sitzst Du und

sträubst die paar Federn.

Lästig!

Ja, sagte er und ging

mit gesenktem Kopf vor mir

auf und ab wie ein Lehrer

beim Vortrag,

es ist richtig, es ist mir selbst

schon fast unbehaglich.

Warum frage ich mich.

35

Das Böse, das Dich

im Halbkreis umgibt,

wie die Braue das Auge,

strahle zur Untätigkeit nieder.

34
너 까마귀, 내가 말했다,
너 늙은 불행의 까마귀야, 너는
내 길에서 줄곧 무얼 하니?
내가 가는 길에 너는 앉아서
두 날개를 곤두세우지.
귀찮아!

그래, 그는 말했고
고개를 숙인 채
마치 강의를 할 때 선생처럼
내 앞에서 왔다 갔다 했다,
네 말은 옳아,
네 말 때문에 나도 기분이 나빠지려고 해.
왜 내가 자문할까.

35
눈썹이 눈을 둘러싸고 있듯이,
반원 안에
당신을 둘러싸고 있는 악이여
빛을 발산해 활동을 중단하라.

Während Du schläfst,

wache es über Dir,

ohne auch nur im geringsten

vorrücken zu dürfen.

36

Es gibt Überraschungen des Bösen.

Plötzlich wendet es sich um

und sagt:

"Du hast mich mißverstanden"

und es ist vielleicht wirklich so.

Das Böse verwandelt sich

in Deine Lippen,

läßt sich

von Deinen Zähnen benagen

und mit neuen Lippen

—— keine frühern schmiegten sich Dir

noch folgsamer ans Gebiss ——

sprichst Du

zu Deinem eigenen Staunen

das gute Wort aus.

당신이 잠자고 있는 동안,
악은
절대 앞으로 나가지 못하도록
당신을 감시할지도 모른다.

36
악이 놀라게 하는 경우들이 있다.
악은 갑자기 몸을 돌려서
이렇게 말한다.
"너는 나를 오해했어"
그런데 이 말은 사실일지도 모른다.

악이
너의 입술로 변하여,
너의 이빨들에 의해
갉아먹힌다
그리고 너는 새로운 입술로
— 예전의 입술은 이 새로운 입술보다
이빨에 더 부드럽게 달라붙은 적은 없었다 —
너 스스로
놀랍게도
너는 훌륭한 말을 한다.

37

Darauf kommt es an,

wenn einem ein Schwert

in die Seele schneidet :

ruhig blicken,

kein Blut verlieren,

die Kälte des Schwertes mit

der Kälte des Steines aufnehmen.

Durch den Stich,

nach dem Stich

unverwundbar werden.

38

Du bleibst außerhalb

des Zusammenhangs,

wirst ein Narr, fliehst

in alle Windrichtungen,

kommst aber nicht weiter.

Ich ziehe

aus dem Blutkreislauf

des menschlichen Lebens

37
칼로 누군가의 영혼을
찌를 때,
중요한 것은 :
조용히 바라보며,
피 한 방울 손실도 입지 않고,
칼의 차가움을
돌의 차가움으로 받아들이는 것이다.
찌름으로 해서
찌르고 난 후에
상처를 입지 않는 것이다.

38
너는 관계를
벗어나 있다.
너는 바보가 되고,
사방팔방으로 도망치지만,
더 멀리 가지 못한다.

나는 인간의 삶의
혈액 순환에서
내가 실제로

alle Kraft, die mir
überhaupt zugänglich ist.

39

Es blendete uns die Mondnacht.
Vögel schrien
vom Baum zu Baum.
In den Feldern sauste es.

Wir krochen durch den Staub,
ein Schlangenpaar.

40

Es war der erste Spatenstich,
es war der erste Spatenstich,
es lag die Erde in Krumen,
zerfallen vor meinem Fuß.
Es läutete eine Glocke,
es zitterte eine Tür,
...

얻을 수 있는 힘을
모두 끌어낸다.

39
눈부신 달밤이었다.
새들이 이 나무 저 나무에서
울고 있다.
들판에서는 바람이 사납게 윙윙거렸다.

우리는 먼지 속으로 기어 들어갔다,
한 쌍의 뱀처럼.

40
그것은 첫 번째 삽질이었다,
그것은 첫 번째 삽질이었다,
땅은 산산조각이 나 있었고,
내 발 앞에서 무너져 내렸다.
종이 울렸고,
문이 떨렸고,
…

41

In hartem Schlag

strahlte das Licht herab,

zerriß das nach allen Seiten

sich flüchtende Gewebe,

brannte unbarmherzig

durch das übrigbleibende

leere großmaschige Netz.

Unten, wie ein ertapptes Tier,

zuckte die Erde und stand still.

Einer im Bann des andern

blickten sie einander an.

Und der dritte,

scheuend die Begegnung,

wich zur Seite.

42

Unter jeder Absicht

liegt geduckt die Krankheit

wie unter dem Baumblatt.

41
빛이 통렬하게 가격하면서
아래에서 번쩍이더니,
사방팔방으로
달아나는 그물을 잡아 찢고,
남아 있는 텅 빈,
성긴 그물을
무자비하게 태웠다.

아래에서는, 붙잡힌 동물처럼,
땅이 급격히 움직이더니 잠잠해졌다.
한 남자가 다른 남자를 꼼짝 못하게 하면서
서로 얼굴을 쳐다보았다.

그리고 제3의 남자는,
만나기가 무서운지,
옆으로 비켰다.

42
질병은 움츠리고 있다.
나뭇잎 밑처럼
모든 의도 밑에.

Beugst du dich, um sie zu sehn,

und fühlt sie sich entdeckt,

springt sie auf,

die magere stumme Bosheit

und statt zerdrückt,

will sie von dir befruchtet werden.

43

Es gibt nur ein Ziel,

keinen Weg.

Was wir Weg nennen,

ist Zögern.

44

Eine heikle Aufgabe,

ein Auf-den-Fußspitzen-Gehn

über einen brüchigen Balken,

der als Brücke dient,

nichts unter den Füßen haben,

mit den Füßen erst

den Boden zusammenscharren,

너는 질병을 발견하기 위해서 몸을 숙이고,
질병은 발견된다는 기분을 느낀다,
수척한, 말이 없는 악의가
튀어 오른다.
그런데 악의는 억제되지 않고,
너로 인해 자극 받기를 원한다.

43
목표는 있으나,
길은 없다.
우리가 길이라고 부르는 것은,
망설임이다.

44
까다로운 과제,
다리 역할을 하는
부서지기 쉬운 각목 위를
까치발로 걸어 지나간다.
두 발 밑에는 아무것도 없고
두 발로 겨우
땅을 긁어모은다.

auf dem man gehn wird,

auf nichts gehn

als auf seinem Spiegelbild,

das man unter sich

im Wasser sieht,

mit dem Füßen

die Welt zusammenhalten,

die Hände nur oben

in der Luft verkrampfen,

um diese Mühe bestehn

zu können.

45
Ein Umschwung.

Lauernd, ängstlich, hoffend

umschleicht die Antwort die Frage,

sucht verzweifelt

in ihrem unzugänglichen Gesicht,

folgt ihr auf den sinnlosesten

(das heißt von der Antwort

möglichst wegstrebenden)

그 땅 위로 사람이 걸어갈 것이다.
다름 아닌
발아래
물속에 비친,
자신의 모습 위를 걸어갈 것이다.
두 발로
세계를 결합시킨다.
이러한 수고를
견딜 수 있기 위해서
두 손은 단지 공중 높은 곳에서
경련을 일으킨다.

45
하나의 전환.

숨어서 기다리면서, 불안하게, 희망을 품고
대답이 질문을 배회하고,
절망에 빠져
질문의 접근하기 어려운 얼굴을 찾으면서,
질문을 좇다가 가장 무의미한
(즉 대답으로부터
가능한 한 멀어지는)

Wegen.

46

Träume sind angekommen,

flußabwärts sind sie gekommen,

auf einer Leiter steigen sie

die Quaimauer hinauf.

Man bleibt stehn,

unterhält sich mit ihnen,

sie wissen mancherlei,

nur,

woher sie kommen,

wissen sie nicht.

Es ist recht lau

an diesem Herbstabend.

Sie wenden sich dem Fluss zu

und heben die Arme.

Warum hebt ihr die Arme,

statt uns in sie zu schließen?

길까지 와 버린다.

46
꿈들이 도착했다,
꿈들은 강을 따라서 내려왔다,
꿈들은 사다리를 타고
부두의 벽을 오른다.
사람들은 서 있다,
꿈들과 이야기를 나눈다,
꿈들은 많은 것을 알고 있다,
오직,
어디에서 왔는지를
모른다.

이 가을 저녁은
제법 온화하다.
꿈들은 강 쪽으로 몸을 돌리고
두 팔을 올린다.
왜 너희들은 우리를 품 안에 포옹하지 않고,
두 팔을 올리느냐?

47

Erreiche es nur,

dich der Mauerassel

verständlich zu machen.

Hast du ihr einmal die Frage

nach dem Zweck

ihres Arbeitens beigebracht,

hast du

das Volk der Asseln ausgerottet.

48

"Niemals ziehst du das Wasser

aus der Tiefe dieses Brunnens."

"Was für Wasser?

Was für Brunnen?"

"Wer fragt denn?"

Stille

"Was für eine Stille?"

49

Den Kopf hat er

zur Seite geneigt,

47
제발 자네 생각을
쥐며느리에게
이해시켜 보게.
자네가 쥐며느리에게
한 번이라도
일하는 목적을 물었나,
자네가 쥐며느리 족속을
섬멸했나.

48
"너는 이 샘의 깊은 곳에서
결코 물을 끌어 올리지 못한다."
"어떤 물이죠?
어떤 샘이죠?"
"도대체 누가 묻고 있지?"
정적
"어떤 정적이지?"

49
그는 고개를
옆으로 기울였다,

in dem

dadurch freigelegten Hals

ist eine Wunde,

siedend

in brennendem Blut und Fleisch,

geschlagen

durch einen Blitz,

der noch andauert.

50

Der Tod mußte ihn

aus dem Leben

herausheben,

so wie man einen Krüppel

aus dem Rollwagen hebt.

Er saß so fest und schwer

in seinem Leben

wie der Krüppel

im Rollwagen.

51

Liebe ist,

그 때문에 드러난 목에는
상처가 있다,
상처는
쿡쿡 쑤시는 피와 살 속에서,
곪고
아직도 계속 치고 있는
벼락 때문에,
생긴다.

50
죽음이 그를
삶으로부터 들어냈음에
틀림없다,
마치 장애인을
휠체어에서 들어 올리듯이.
그는 휠체어를 탄 장애인처럼
확고하게 그러면서도 힘들게
삶 속에
앉아 있었다.

51
사랑은,

daß Du mir

das Messer bist,

mit dem ich

in mir wühle.

52

Wie wunderbar das ist, nicht?

der Flieder ——

sterbend trinkt er,

sauft er noch.

당신이 내게
칼이라는 사실이다,
나는 그 칼로
내 마음을 들쑤신다.

52
이건 이상하지, 그렇지 않니?
딱총나무 —
죽어 가면서 그는 물을 마신다,
여전히 그는 마구 들이킨다.

이탈리아 오스테노의 교회 종탑

바이마르에 있는 괴테의 여름 별장

기다리는 두 사람

3부

네 마음속은 정말 차갑다

53

Nicht-Narrheit ist

von der Schwelle,

zur Seite des Eingangs

bettlerhaft stehn,

verwesen und

umstürzen.

54

Er entwand sich ihren Kreisen.

Nebel umblies ihn.

Eine runde Waldlichtung.

Der Vogel Phönix im Gebüsch.

Eine das Kreuz

auf unsichtbarem Gesicht

immer wieder schlagende Hand.

Kühler ewiger Regen,

ein wandelbarer Gesang

wie aus atmender Brust.

53
현관 옆
문턱 앞에,
거지처럼 서서,
쇠약해져서
넘어지는 것이
바보짓이 아니다.

54
그는 그들의 무리에서 빠져나갔다.
안개가 그의 주위에 깔렸다.
원형의 숲속 빈터.
덤불 속 불사조.

눈에 보이지 않는
얼굴에
계속해서 성호를 긋는 손.

차갑고 그치지 않는 비,
숨 쉬는 가슴에서 나오는 듯한
덧없는 노래.

55

Wie ein Weg im Herbst:
Kaum ist er reingekehrt,
bedeckt er sich wieder
mit trockenen Blättern.

56

Das Trauerjahr
war vorüber,
die Flügel der Vögel
waren schlaff.
Der Mond entblößte sich
in kühlen Nächten,
Mandel und Ölbaum
waren längst gereift.

57

Trabe, kleines Pferdchen,
du trägst mich in die Wüste,
alle Städte versinken,
die Dörfer und lieblichen Flüsse.
Ehrwürdig die Schulen,

55
가을의 오솔길처럼
깨끗이 쓸자마자,
다시 낙엽으로
뒤덮이는.

56
추모 기간은
끝났다,
새들의 날개는
축 늘어졌다.
서늘한 밤이면
달은 모습을 드러냈고,
편도나무와 올리브나무는
오래전에 무르익었다.

57
달려라, 망아지야,
너는 나를 사막으로 데려간다,
모든 도시들은,
마을들과 사랑스러운 강들은 소멸된다.
존경스럽게 학교들은,

leichtfertig die Kneipen,

Mädchengesichter versinken,

verschleppt vom Sturm des Ostens.

58

Der tiefe Brunnen

Jahrelang braucht der Eimer,

um heraufzukommen

und

im Augenblick stürzt er hinab,

schneller als dass Du Dich

hinabbeugen könntest;

noch glaubst Du ihn

in den Händen zu halten

und schon hörst Du den Aufschlag

in der Tiefe,

hörst nicht einmal ihn.

59

Manche Schatten

경박하게 술집들은,
소녀들은 소멸된다,
동쪽에서 부는 폭풍우에 휩싸여서.

58
깊은 우물

양동이를 끌어 올리는 데
수년이 걸린다,
그런데도
순식간에 양동이는 아래로 굴러떨어진다,
당신이 몸을 숙이는 것보다
더 빠르게;

당신은 아직 양동이를
양손으로 잡고 있다고 생각한다
그런데 당신은 떨어져 부딪히는 소리를 듣는다
저 깊은 곳에서,
떨어져 부딪히는 소리를 전혀 듣지 못한다.

59
죽은 사람들의

der Abgeschiedenen

beschäftigen sich nur damit,

die Fluten des Totenflusses

zu belecken,

weil er von uns herkommt und

noch den salzigen Geschmack

unserer Meere hat.

Vor Ekel

sträubt sich dann der Fluss,

nimmt eine rückläufige Strömung

und schwemmt die Toten

ins Leben zurück.

Sie aber sind glücklich,

singen Danklieder und

streicheln den Empörten.

60

Armes verlassenes Haus!

Warst du je bewohnt?

Es wird nicht überliefert.

Niemand forscht

많은 영혼은
오로지
죽음의 강의 물결을 핥는 데
여념이 없다,
아직도 우리 바다의
짠맛을
지니고 있기 때문이다.

그러면 강물은 역겨움으로
솟구쳐 올라,
거꾸로 흘러서
죽은 사람들을
삶으로 되돌려 보낸다.
그러나 죽은 사람들은 행복하여,
감사의 노래를 부르며
격분한 강물을 달랜다.

60
초라하게 버려진 집이여!
네가 옛날에 거주한 적이 있느냐?
그 이야기가 전해 내려오지 않는다.
너의 역사에서

in deiner Geschichte.

Wie kalt ist es in dir.

Wie weht der Wind

durch deinen grauen Flurgang,

nichts hindert.

Warst du je bewohnt,

dann sind die Spuren dessen

unbegreiflich gut verwischt.

61

Die Mannigfaltigkeiten,

die sich mannigfaltig drehen

in den Mannigfaltigkeiten

des einen Augenblicks,

 in dem wir leben.

Und

noch immer ist der Augenblick

nicht zu Ende,

sieh nur!

누구도 조사하지 않는다.
네 마음속은 정말 차갑다.
바람이 너의 회색 복도를
거칠게 불고 지나간다.
아무것도 방해하지 않는다.
네가 옛날에 거주했다고 하지만,
그 흔적들은
믿기 어려울 정도로 말끔히 지워졌다.

61
우리가 살고 있는
한순간의
다양함 속에서
다양하게 회전하는
다양함

그런데
그 순간은 여전히
끝나지 않는다,
두고 봐!

62

Schlinge den Traum

durch die Zweige des Baumes.

Der Reigen der Kinder.

Des hinabgebeugten Vaters

Ermahnung.

Den Holzscheit

über dem Knie zu brechen.

Halb ohnmächtig, blaß,

an der Wand des Verschlages lehnen,

zum Himmel als zur Rettung aufsehn.

Eine Pfütze im Hof.

Altes Gerümpel

landwirtschaftlicher Geräte dahinter.

Ein eilig und vielfach am Abhang

sich windender Pfad.

Es regnete zeitweilig,

zeitweilig aber schien auch die Sonne.

Eine Bulldogge sprang hervor,

dass die Sargträger zurückwichen.

62
꿈을 휘감아라
나뭇가지들로.
아이들의 윤무.
몸을 숙인 아버지의 훈계.
나뭇조각을
무릎 위에 놓고 부러뜨린다.
반쯤은 실신하여, 창백한 얼굴로,
칸막이 방의 벽에 기대어,
구원을 바라듯 하늘을 올려다본다.
마당 안에 있는 웅덩이.
그 뒤편에 농기구들의
낡은 잡동사니들.
산허리 옆에 급하게 각양각색으로
굽이치는 좁은 길.
어떤 땐 비가 왔지만,
어떤 땐 해도 비친다.
불도그 한 마리가 튀어나오자,
관을 운반하던 사람들이
뒤로 물러섰다.

63

Irgendein Ding

aus einem Schiffbruch,

frisch und schön

ins Wasser gekommen,

überschwemmt und

wehrlos gemacht

jahrelang,

schließlich zerfallen.

64

"Immerfort

sprichst du vom Tod

und stirbst doch nicht."

"Und doch

werde ich sterben.

Ich sage eben

meinen Schlußgesang.

Des einen Gesang

ist länger,

des andern Gesang

63
난파선에서 나온
어떤 것,
활기차게 그리고 멋지게
물속으로 들어갔다,
여러 해 동안
물이 넘쳐
무방비 상태가 되었다가,
결국 부서졌다.

64
"당신은 늘
죽음을 이야기하면서도
실제로는 죽지 않는군요."

"아니, 난
죽을 거네.
난 방금
마지막 노래를 불렀네.
노래 하나는
길고,
다른 노래 하나는

ist kürzer.

Der Unterschied kann aber

immer nur

wenige Worte ausmachen."

65

Nur drei Zickzackstriche blieben

von ihm zurück.

Wie war er

vergraben gewesen

in seine Arbeit.

Und wie war er in Wirklichkeit

gar nicht vergraben gewesen.

짧지.
차이는 언제나 단지
몇 개의 단어에
불과할지도 모르네."

65
그는
지그재그로 된 선
세 개만 남겼다.
그가 얼마나
자신의 일에 몰두했었는지.
또 그가 실제로는 얼마나
자신의 일에 몰두하지 않았는지.

청원자와 지체 높은 후원자

상상의 동물들 사이에 끼인 남자

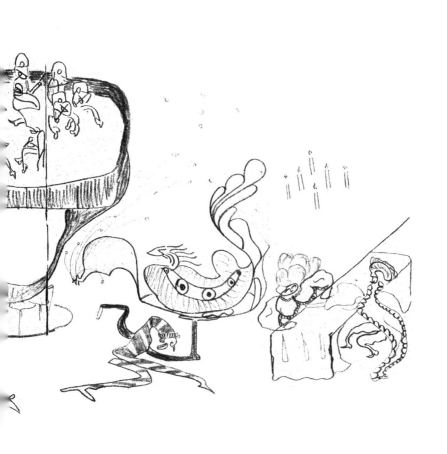

4부

이미 가장 밑바닥에 와 있다

66

Starker Regenguß

Stelle dich dem Regen entgegen,
Lass die eisernen Strahlen
dich durchdringen,
gleite in dem Wasser,
das Dich fortschwemmen will,
aber bleibe doch,
erwarte so aufrecht die plötzlich
und endlos einströmende Sonne.

67

zu spät.

Die Süßigkeit
der Trauer und der Liebe.
Von ihr angelächelt werden
im Boot.
Das war das Allerschönste.

Immer nur das Verlangen

66
강한 소나기

비에 저항하라
강철 광선이
네 몸을 뚫고 들어가게 하라
너를 떠내려가려 하려는
물 속에서 활주하라
하지만 머물러라
갑자기 그리고 끊임없이 몰려오는 햇빛을
곧추서서 기다려라.

67
너무 늦은.

슬픔과 사랑의 달콤함.
보트에서
이 달콤함 때문에
미소 짓게 되는 것
그것이 더없이 기분 좋은 일이었다.

항상 죽고 싶은

zu sterben

und das Sich-noch-halten,

das allein ist Liebe.

68

Der Dornbusch

ist der alte Weg-Versperrer.

Er muß Feuer fangen,

wenn du weiter willst.

69

Wer glaubt,

kann keine Wunder erleben.

Bei Tag

sieht man keine Sterne.

70

Ich kenne den Inhalt nicht,

ich habe den Schlüssel nicht,

ich glaube Gerüchten nicht,

alles verständlich,

denn ich bin es selbst.

욕망뿐이지만
그래도 견뎌 내는 것,
그것이 유일하게 사랑이다.

68
가시나무 덤불은
옛날부터 길을 막아 왔다.
네가 계속 나아가려면,
가시나무 덤불은 불태워져야 한다

69
신앙을 가진 자는,
기적을 체험할 수 없다.
대낮에는
별이 보이지 않는다.

70
나는 내용을 알지 못한다.
나는 열쇠를 갖고 있지 않다.
나는 풍문을 믿지 않는다.
모든 것이 이해될 수 있다.
왜냐하면 모든 것이 바로 나 자신이기 때문이다.

71

Es lockte die Flöte,

es lockte der frische Bach.

———————

Was geduldig dir erschien,

rauschte durch des Baumes Wipfel

und der Herr des Gartens sprach.

———————

Suche ich in seinen Runen

Wechsels Schauspiel zu erforschen,

Wort und Schwäre ...

72

Früher begriff ich nicht,

warum ich auf meine Frage

keine Antwort bekam,

heute begreife ich nicht,

wie ich glauben konnte,

fragen zu können.

71
피리 소리가 유혹했다,
맑은 시냇물이 유혹했다.

_____

너에게 참을성 있게 보였던 것이,
쏴쏴 소리를 내며 나무 꼭대기를 스쳐 지나갔고
정원의 주인은 말했다.

_____

나는 그의 루네 문자들[1] 속에서
변화의 드라마를 탐구하려 애쓴다.
말과 화근(禍根)을…

72
예전에는 나는 이해하지 못했다,
왜 내 질문에
대답을 얻지 못하는지.
오늘날에는 나는 이해하지 못한다,
질문할 수 있다고
내가 어떻게 믿을 수 있었는지.

Aber ich glaubte ja gar nicht,

ich fragte nur.

73

Ruhe zu bewahren ;

sehr weit abstehn von dem,

was die Leidenschaft will ;

die Strömung kennen und deshalb

gegen den Strom schwimmen ;

aus Lust am Getragensein

gegen den Strom schwimmen.

74

Es fuhren die muntern Genossen

den Fluß abwärts.

Ein Sonntagsfischer.

Unerreichbare Fülle des Lebens.

Zerschlage sie!

Holz im toten Wasser.

Sehnsüchtig ziehende Wellen.

Sehnsuchterregend.

그러나 사실 나는 전혀 믿지 않았다,
나는 단지 질문했다.

73
평온을 유지하다 ;
격정이 원하는 것에서,
아주 멀리 떨어져 있다.
물의 흐름을 알고 그 때문에
흐름에 거슬러 헤엄치다 ;
운반되는 것이 즐거워서
흐름에 거슬러 헤엄치다.

74
즐거운 동료들이
강을 따라
내려가고 있었다.
일요일의 한 낚시꾼.
실현할 수 없는 삶의 충만.
실현할 수 없는 삶의 충만을 때려 부숴라!
고인 물에 떠 있는 나무.
동경하면서 흘러가는 물결.

75

Schöpferisch.

Schreite!

Komme des Weges daher!

Stehe mir Rede!

Stelle mich zur Rede!

Urteile!

Töte!

76

Du sagst, dass ich

noch weiter hinuntergehen soll,

aber ich bin doch schon sehr tief,

aber, wenn es sein muß,

will ich hier bleiben.

Was für ein Raum!

Es ist wahrscheinlich schon

der tiefste Ort.

Aber ich will hier bleiben,

nur

zum weiteren Hinabsteigen

zwinge mich nicht.

75
창조적이다.
걸어가라!
이 길로 와라!
내게 해명해라!
내 해명을 들어라!
판결해라!
죽여라!

76
너는 내가
더 밑바닥으로 내려가야 한다고 말한다,
하지만 나는 이미
가장 밑바닥에 와 있다.
그러나 틀림없이 가장 밑바닥이라면,
나는 여기에 있겠다.
어떤 공간인데!
여기는 어쩌면
가장 밑바닥일지도 모른다.
그러나 나는 여기에 있겠다.
단지
강제로 더 바닥으로 내려가지 않는다.

77

Mit stärkstem Licht
kann man die Welt auflösen.

Vor schwachen Augen
wird sie fest,
vor noch schwächeren
bekommt sie Fäuste,
vor noch schwächeren
wird sie schamhaft
und
zerschmettert den,
der sie anzuschauen wagt.

78

Ich kann schwimmen
wie die andern,
nur habe ich ein besseres Gedächtnis
als die andern,
ich habe
das einstige
Nicht-schwimmen-können
nicht vergessen.

77
아주 강한 빛으로
세계는 해체될 수 있다.
시력이 약한 눈 앞에서
세계는 단단해진다,
더 시력이 약한 눈 앞에서는
세계는 주먹을 쥐고,
그보다 더 시력이 약한
눈 앞에서는
세계는 수줍어하면서
감히 세계를 직시하려는 자를
박살 낸다.

78
나는 헤엄칠 수 있다
다른 사람들처럼.
그런데 나는
더 좋은 기억력을 갖고 있다
다른 사람들보다,
나는
옛날에 헤엄을-칠 수-없다는 사실을
잊지 않았다.

Da ich es aber nicht vergessen habe,

hilft mir

das Schwimmenkönnen nichts

und ich kann

doch nicht schwimmen.

79

Meine Sehnsucht

waren die alten Zeiten,

meine Sehnsucht

war die Gegenwart,

meine Sehnsucht

war die Zukunft,

und mit alledem sterbe ich

in

einem

Wächterhäuschen am Straßenrand,

einem aufrechten Sarg,

seit jeher

einem Besitzstück des Staates.

Mein Leben

habe ich damit verbracht,

그러나 내가 그것을 잊지 않았기 때문에,
헤엄을 칠 수 있다는 사실이
내게 아무 도움이 되지 못한다.
그래서 나는
정말 헤엄을 칠 수 없다.

79
옛날이
나의 동경이었다,
현재가
나의 동경이었다,
미래가
나의 동경이었다,
그리고 이 모든 것과 함께
나는 죽는다
길가 작은 초소에서,
옛날부터 곧추선
관 속에서,
국가 소유의
토지에서.
내 인생을
나는 보냈다,

mich zurückzuhalten,

es zu zerschlagen.

80

Mein Leben

habe ich damit verbracht,

mich

gegen die Lust zu wehren,

es zu beenden.

81

Kämpfte er nicht genug?

Als er arbeitete,

war er schon verloren,

das wußte er,

er sagte sich offen :

wenn ich zu arbeiten aufhöre,

bin ich verloren.

War es also ein Fehler,

dass er zu arbeiten anfing?

Kaum.

삶을 파괴하는 것을
자제하는 것으로.

80
내 인생을
나는 보냈다,
삶을 끝내고 싶은
욕구에
저항하는 것으로.

81
그는 충분히 싸우지 않았을까?
그가 일했을 때,
그는 이미 절망에 빠져 있었다.
절망에 빠져 있었다는 걸 그는 알았다.
그는 솔직하게 자신에게 말했다 :
내가 일을 그만두면,
나는 절망에 빠진다.
그러니까 그가 일을 시작했던 것은
잘못이었을까?
전혀 잘못이 아니다.

82

Ein Strohhalm?

Mancher

hält sich an einem Bleistiftstrich

über Wasser.

Hält sich?

Träumt als Ertrunkener

von einer Rettung.

82
지푸라기 하나?
많은 사람들이
물 위에 그은
연필 선에 매달려 있다.

매달려 있다고?

익사자로서
구출을 꿈꾸고 있다.

---

1) 고대 게르만 민족 최초의 문자.

술주정뱅이

바지 벗고 지붕 위에 서 있는 산책자

21
22
25
23
―――
91

말을 탄 경마 기수

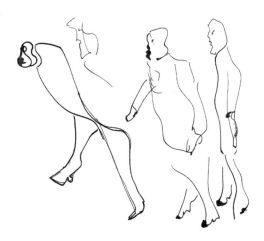

5부

춤을 추며 뛰어오르라

83

Ich sprang durch die Gassen

wie ein betrunkener Läufer

stampfend durch die Luft,

und es wurde mir leicht,

als ich

Schwimmbewegungen

mit den lässigen Armen machend

ohne Schmerz und Mühe

vorwärtskam.

Mein Kopf lag gut in kühler Luft

und die Liebe

des weißgekleideten Mädchens

bracht mich in trauriges Entzücken,

denn es schien mir,

als schwimme ich von der Verliebten

und auch

von den wolkenhaften Bergen

ihrer Gegend weg.

84

Wunsch, Indianer zu werden

83
나는 골목길을 뛰어갔다
마치 술에 취해 달리는 사람처럼
쿵쿵 소리를 내면서 허공 속으로,
마음이 홀가분해졌다
게으른 두 팔로
수영 동작을 하면서
고통도 없이
힘도 들이지 않고
앞으로 나갔을 때.
내 머리는 서늘한 바람 속에
편안하게 누워 있었고
흰옷을 입은 소녀의 사랑은
나를 슬프게 유혹했다,
마치 내가 연인으로부터
또 연인이 사는 지역의
구름 낀 산들로부터
헤엄쳐
빠져나오는 것 같았기 때문에.

84
인디언이 되고 싶은 소망

Wenn man doch

ein Indianer wäre,

gleich bereit,

und auf dem rennenden Pferde,

schief in der Luft,

immer wieder kurz erzitterte

über dem zitternden Boden,

bis man die Sporen ließ,

denn es gab keine Sporen,

bis man die Zügel wegwarf,

denn es gab keine Zügel,

und kaum das Land vor sich

als glatt gemähte Heide sah,

schon ohne Pferdehals

und Pferdekopf.

85

Ich strebte zu

der Stadt im Süden hin,

von der es

in unserem Dorfe hieß :

만약 그가 인디언이라면,
즉시 채비를 갖춰,
달리는 말에 올라타서,
바람에 기대어,
흔들리는 땅 위에서,
자꾸만 짧게 흔들리는 것을 느낀다면 좋을 텐데,
박차를 던져 버릴 때까지,
박차는 없었기 때문에,
고삐를 던져 버릴 때까지,
고삐가 없었기 때문에,
그가 앞에 있던 땅이
매끈하게 풀을 베어 낸 황야임을
겨우 알아보자마자,
이미 말 목덜미도 없고
말 머리도 없다.

85
나는 힘껏 달렸다
남쪽에 있는 도시를 향해,
이 도시에 대해
우리 마을에서는 이렇게 말하고 있었다 :

"Dort sind Leute! Denkt euch,

die schlafen nicht!"

"Und warum denn nicht?"

"Weil sie nicht müde werden."

"Und warum denn nicht?"

"Weil sie Narren sind."

"Werden denn Narren nicht müde?"

"Wie könnten Narren müde werden?"

86

Tönend erklang

in der Ferne der Berge

langsame Rede.

Wir horchten.

87

Hoch die Lampe gehalten, Du vorn!

Ihr andern leise hinter mir!

Alle in einer Reihe. Und still.

Das war nichts. Keine Angst.

"그곳에 사람들이 산대! 생각해 봐,
그들은 잠을 자지 않는대!"
"그건 왜?"
"그들은 피곤해지지 않으니까."
"그건 왜?"
"그들은 바보니까."
"바보들은 피곤해지지도 않니?"
"바보들이 어떻게 피곤해질 수 있겠니?"

86
크게 울렸다
산맥의 저 먼 곳에서
느린 소문이.
우리는 귀 기울여 들었다.

87
너는 등불을 높이 들어라, 네가 앞장서라!
너희들, 다른 사람들은 조용히 내 뒤를 따라라!
모두 일렬로. 그리고 조용히.

그것은 아무것도 아니었다. 두려워하지 마라.

Ich trage die Verantwortung.

Ich führe Euch hinaus.

88

O schöne Stunde,

meisterhafte Fassung,

verwilderter Garten.

Du biegst aus dem Haus

und auf dem Gartenweg

treibt Dir entgegen

die Göttin des Glücks.

89

Der Dorfplatz

hingegeben der Nacht.

Die Weisheit der Kleinen.

Vorherrschaft der Tiere.

Die Frauen —

Kühe mit äußerster

내가 책임을 진다.
내가 너희들을 밖으로 데리고 나간다.

88
오 아름다운 시간,
노련한 침착,
황폐해진 정원.
너는 집에서 돌아 나오고
정원 길에서
행운의 여신이
너를 향해 달려온다.

89
마을 광장이
밤에 잠겨 있다.

어린아이들의 지혜.

동물들의 주도권

여인들 —
아주 자연스럽게

Selbstverständlichkeit
über den Platz ziehend.

Mein Sofa über dem Land.

90

Nichts Böses!

hast Du

die Schwelle überschritten,

ist alles gut.

Eine andere Welt

und Du mußt nicht reden.

91

Es ist nicht notwendig,

dass du aus dem Hause gehst.

Bleib bei deinem Tisch

und horche.

Horche nicht einmal,

warte nur.

Warte nicht einmal,

sei völlig still und allein.

광장에서
암소들을 끄는

땅 위에 나의 소파

90
나쁜 것은 없어!
너는
문턱을 넘었다,
모든 것이 좋다.
또 다른 세계
그런데 너는 말해서는 안 된다.

91
굳이 집 밖으로 나갈,
필요는 없다.
네 책상에 머물며
귀를 기울여라.
귀를 기울일 것도 없이,
그저 기다려라.
기다릴 것도 없이,
잠자코 조용히 혼자 있어라.

Anbieten wird sich dir die Welt

zur Entlarvung,

sie kann nicht anders,

verzückt wird sie sich

vor dir winden.

92

Der wahre Weg

geht über ein Seil, das nicht

in der Höhe gespannt ist,

sondern knapp über dem Boden.

Es scheint mehr bestimmt

stolpern zu machen,

als begangen zu werden.

93

Je mehr Pferde du anspannst,

desto leichter gehts —

nämlich nicht

das Ausreißen des Blocks

aus dem Fundament,

was unmöglich ist,

세상이 자청해서 네게
본색을 드러내 보일 것이다,
세상은 달리 어쩔 수 없다,
세상은 황홀에 취해
네 앞에서 몸부림칠 것이다.

92
진실의 길은
공중 높이 매달려 있는 밧줄이 아니라,
땅바닥 바로 위에
낮게 매달린
밧줄 위에 있다.
그것은 걸어가게 하기보다는,
오히려 걸려 넘어지게 하는 것처럼 보인다.

93
말들은 더 팽팽하게
조이면 조일수록,
그만큼 더 빨리 달린다 —
말하자면 토대에서
주춧돌을 빼내는 것은
불가능하지만,

aber das Zerreißen der Riemen

und damit

die leere fröhliche Fahrt.

94

Dreierlei :

Sich als etwas Fremdes ansehn

Den Anblick vergessen

Den Gewinn behalten

Oder nur zweierlei,

denn das Dritte schließt

das Zweite ein

95

Staunend sahen wir

das große Pferd.

Es durchbrach

das Dach unserer Stube.

Der bewölkte Himmel

zog sich

마구를 벗으면
얽매인 데 없이
즐겁게 달릴 것이다.

94
세 가지 것 :

자신을 낯선 것으로 바라볼 것
바라보는 것을 잊을 것
얻은 것을 유지할 것

또는 단 두 가지 것,
세 번째 것은
두 번째 것을 포함하고 있기 때문에.

95
우리는 커다란 말을
보고 놀랐다.
그 말은
우리 방 지붕을
부수고 나왔다.
구름 낀 하늘이

schwach entlang

des gewaltigen Umrisses

und rauschend

flog die Mähne im Wind.

96

Der Glaube

wie ein Fallbeil,

so schwer,

so leicht.

97

Die Windstille an manchen Tagen,

der Lärm der Ankommenden,

wie die Unsrigen

aus den Häusern hervorlaufen,

sie zu begrüßen,

hie und da Fahnen ausgehängt werden,

man in die Keller eilt Wein zu holen,

aus einem Fenster

eine Rose aufs Pflaster fällt,

niemand Geduld kennt,

부서진 지붕의 뚜렷한 윤곽을 따라서
힘없이 흘러갔고
쏴쏴 소리를 내며
말갈기가 바람에 휘날렸다.

96
믿음은
단두대의 칼처럼,
그렇게 무겁고,
그렇게 가볍다.

97
며칠 바람이 잠잠하다,
도착하는 사람들의 소란,
집집마다 가족들이 달려 나가
그들을 맞이한다,
여기저기에 깃발들이 내걸리고,
사람들은 포도주를 가지러
지하실로 급히 달려간다,
어떤 창문에서는
장미꽃 한 송이가
포도 위로 떨어진다,

die Boote von hundert Armen
gleich festgehalten ans Land stoßen,
die fremden Männer sich umblicken
und in das volle Licht
des Platzes emporsteigen.

98
Ach was wird uns hier bereitet!
Bett und Lager unter Bäumen,
grünes Dunkel, trocknes Laub,
Wenig Sonne, feuchter Duft.
Ach was wird uns hier bereitet!

Wohin treibt uns das Verlangen?
Dies erwirken? dies verlieren?
Sinnlos trinken wir die Asche
und ersticken unsern Vater.
Wohin treibt uns das Verlangen?

Wohin treibt uns das Verlangen?
Aus dem Hause treibt es fort.

어느 누구도 인내심을 모른다,
수백 개의 팔이 보트를 단단히 잡고는
곧장 뭍으로 돌진해 간다,
낯선 사람들이 사방을 둘러보며
광장의 가득 찬 빛 속으로 들어선다.

98
아아 여기에 우리를 위해 무엇이 준비되어 있을까!
나무들 밑에 침대와 잠자리,
녹색의 어둠, 마른 잎사귀,
햇빛은 없고, 축축한 냄새.
아아 여기에 우리를 위해 무엇이 준비되어 있을까!

욕망은 우리를 어디로 내모는가?
이 욕망을 얻을까? 이 욕망을 잃을까?
우리는 의미 없이 재를 마시고
우리 아버지를 질식시킨다.
욕망은 우리를 어디로 내모는가?

욕망은 우리를 어디로 내모는가?
집 밖으로 계속 내몬다.

99

Kleine Seele,

springst im Tanze,

legst in warme Luft

den Kopf,

hebst die Füße

aus glänzendem Grase,

das der Wind

in harte Bewegung treibt.

100

Sommer war es,

wir lagen im Gras,

müde waren wir,

Abend,

Abend kam,

läßt Du uns hier liegen?

Bleibet liegen.

101

Nichts hält mich.

Türen und Fenster auf

99
작은 영혼이여,
그대는 춤을 추며
뛰어오르고,
따스한 공기 속에
머리를 드리우고,
바람에 거칠게 흔들리는
반짝이는 풀밭에서,
두 발을 쳐드는구나.

100
여름이었다,
우리는 풀밭에 누웠다,
우리는 피곤했다,
저녁,
저녁이 왔다,
저녁, 너는 우리를 여기에 누워 있게 할래?
그대들이여, 누워 있어라.

101
아무것도 나를 붙잡지 않는다.
문과 창문은 열려 있고

Terrassen weit und leer

102

Um was klagst du, verlassene Seele?

Warum flatterst Du

um das Haus des Lebens?

Warum ziehst Du nicht in die Ferne,

die Dir gehört,

statt hier zu kämpfen um das,

was Dir fremd ist?

Lieber die lebendige

Taube auf dem Dach,

als den halbtoten,

krampfhaft sich wehrenden Sperling

in der Hand.

103

Das Glück begreifen,

dass der Boden,

auf dem Du stehst,

nicht größer sein kann,

테라스는 넓고 텅 비어 있다

102
너는 무엇을 슬퍼하는가,
고독한 영혼이여?
너는 왜 삶이라는 집 주위를 맴도느냐?
왜 너는 여기에서 네 것이 아닌 것을
얻으려고 싸우는 대신
네가 속한
저 먼 곳으로 가지 않느냐?

손안에서
경련을 일으키며 저항하면서,
반쯤 죽은 참새보다,
지붕 위에 살아 있는 비둘기가
더 낫지 않은가.

103
네가 서 있는
땅은
두 발이 서 있는
땅의

als die zwei Füße,

die ihn bedecken.

104

Verstecke sind unzählige,

Rettung nur eine,

aber Möglichkeiten der Rettung

wieder soviele

wie Verstecke.

105

Es gibt kein Haben,

nur ein Sein, nur ein

nach dem letzten Atem,

nach Ersticken verlangendes Sein.

106

Schlage

deinen Mantel,

hoher Traum,

um das Kind.

면적만큼일 수밖에 없다는
행복을 이해해라.

104
숨을 곳은 무수히 많고,
구원은 오직 하나뿐,
그러나 구원의 가능성은
다시
숨을 곳만큼이나 많다.

105
소유는 없다,
오직 존재만 있다,
오직 마지막 호흡을,
질식을 갈망하는 존재만 있다.

106
고귀한 꿈아,
너의 외투를,
어린아이에게
입혀 다오.

107

Träumend hing die Blume

am hohen Stengel.

Abenddämmerung

umzog sie.

108

Der Träume Herr, der große Isachar,

saß vor dem Spiegel,

den Rücken eng an dessen Fläche,

den Kopf weit zurückgebeugt

und tief in den Spiegel versenkt.

Da kam Hermana, der Herr

der Dämmerung,

und tauchte in Isachars Brust,

bis er ganz in ihr verschwand.

109

Der gestählte Körper

begreift seine Aufgaben.

Ich pflege das Tier

107
꿈을 꾸듯이 꽃이
높다란 줄기에 매달려 있었다.
석양이
그 꽃을 감쌌다.

108
꿈들의 신(神)인 위대한 잇사갈²⁾이
거울 앞에 앉았다,
등을 거울 면에 밀착시키고,
머리는 뒤로 한껏 젖혀
거울 속으로 깊이 파묻고 있다.

그때 여명의 신(神)인
헤르마나가 와서,
잇사갈의 품 안으로 파고들더니,
이내 완전히 그 품 안으로 사라졌다.

109
단련된 몸은
자신의 과제를 이해한다.
나는 동물을 기르고 있는데

mit wachsender Freude.

Der Ganz der braunen Augen

dankt mir.

Wir sind einig.

110

Suche ihn mit spitzer Feder,

den Kopf kräftig,

fest auf dem Halse sich umschauend,

ruhig von deinem Sitz.

Du bist ein treuer Diener,

innerhalb der Grenzen

deiner Stellung angesehen,

innerhalb der Grenzen

deiner Stellung ein Herr,

mächtig sind deine Schenkel,

weit die Brust,

leicht geneigt der Hals,

wenn du mit der Suche beginnst.

Von weither bist du sichtbar,

그 기쁨은 점점 커진다.
갈색 두 눈이 충분히
내게 감사한다.
우리는 사이가 좋다.

110
뾰족한 펜으로 그를 찾아라,
머리를 다부지게,
흔들리지 않게 목 위에 세우고 주위를 둘러보면서,
조용히 네가 앉아 있는 자리에서.

너는 충실한 하인이다,
너의 직업의 범위 내에서는
신망이 두텁다,
너의 직업의 범위 내에서는
주인이다,
너의 허벅다리는 튼튼하고, 가슴은 넓고,
네가 무엇인가 찾기 시작하면
목은 쉽게 구부러진다.

너는 시골 마을의 교회 탑처럼,
멀리에서도 보인다,

wie der Kirchturm eines Dorfes,

auf Feldwegen von weither

über Hügel und Täler

streben dir einzelne zu.

111

Frische Fülle.

Quellende Wasser.

Stürmisches,

friedliches,

hohes

sich ausbreitendes Wachsen.

Glückselige Oase.

Morgen

nach durchtobter Nacht.

Mit dem Himmel

Brust an Brust.

Friede,

Versöhnung,

Versinkung.

언덕과 골짜기를 넘어
멀리 들길로
두서너 사람이 너를 향해 달려오고 있다.

111
상쾌한 충만.
샘솟는 물.
폭풍과 같은,
평화로운,
고귀한
확산되는 성장.
기쁨이 넘치는 오아시스.

아침
비바람이 몰아쳤던 밤이 지난 뒤.
하늘과
가슴을 맞댄다.
평화,
화해,
침잠.

112

Aufgehoben die Reste.

Die glücklich gelösten Glieder

unter dem Balkon im Mondschein.

Im Hintergrund ein wenig Laubwerk,

schwärzlich wie Haare.

113

So wie man manchmal

ohne erst

auf den bewölkten Himmel zu schauen,

schon aus der Färbung der Landschaft

fühlen kann,

dass zwar das Sonnenlicht

noch nicht hervorgebrochen ist,

dass aber förmlich das Trübe

sich loslöst

und zum Wegziehn bereit macht,

dass also nur aus diesem Grunde

und ohne weitere Beweise

gleich überall

die Sonne scheinen wird.

112
잔해를 간직하다.
행복하게 풀린 사지
달빛이 비치는 발코니 아래.
배경에는 약간 잎이 무성한 수풀이
머리카락처럼 거무스름하다.

113
마치 우리가 가끔
미리 구름 낀 하늘을
쳐다보지 않고서도,
이미 풍경의 색조에서
느낄 수 있듯이,
햇빛이 아직
쏟아져 나오지 않았다는 것을,
하지만 확실히 흐린 날씨가
개서
물러갈 준비가 되었다는 것을,
따라서 오직 이 이유 때문에
또 다른 증거들이 없어도
곧 사방에
해가 빛나리라는 것을.

114

Du bist zu spät gekommen,

eben war er hier,

im Herbst bleibt er

nicht lange auf seinem Platz,

es lockt ihn

auf die dunklen

unumgrenzten Felder hinaus,

er hat etwas von Krähenart.

Willst du ihn sehn,

fliege zu den Feldern,

dort ist er gewiß.

115

Nur ein Wort.

Nur eine Bitte.

Nur ein Bewegen der Luft.

Nur ein Beweis,

daß du noch lebst und wartest.

Nein, keine Bitte,

114
너는 너무 늦게 왔다,
그는 방금 여기에 있었다,
가을에 그는
같은 장소에 오래 머물지 않는다,
그는 울타리가 쳐져 있지 않은 어두운 들 저 멀리로
이끌린다.
그는 까마귀의 성질을 가지고 있다.

네가 그를 보고 싶으면,
들로 날아가 봐라,
그곳에 분명히 그는 있을 것이다.

115
오직 한 단어.
오직 한 가지 소원.
오직 한 번의 공기의 움직임.
오직 하나의 증거,
네가 아직 살아 있고 기다린다는.

아니, 소원은 필요 없다,
오직 한 번의 호흡,

nur ein Atmen,

kein Atmen,

nur ein Bereitsein,

kein Bereitsein,

nur ein Gedanke,

kein Gedanke,

nur

ruhiger Schlaf.

116

"Wohin reitest du, Herr?"

"Ich weiß es nicht", sagte ich,

"nur weg von hier, nur weg von hier.

Immerfort nur weg von hier,

nur so kann ich mein Ziel erreichen."

"Du kennst also dein Ziel?" fragte er.

"Ja", antwortete ich.

"ich sagte es doch :

'Weg-von-hier', das ist mein Ziel."

호흡은 필요 없다,
오직 한 번의 준비,
준비는 필요 없다,
오직 한 가지 생각,
생각은 필요 없다,
오직
편안한 잠.

116
"주인 나리, 어디로 가시나요?"

"모른다." 나는 말했다,
"단지 여기에서 떠나는 거야, 단지 여기에서 떠나는 거야.
끊임없이 여기에서 떠나는 거야,
그래야 내 목표에 도착할 수 있어."

"그러시다면 나리께서는 목표를 아신단 말씀인가요?" 그가
　　물었다.

"그렇다네" 내가 대답했다.
"내가 이미 말했잖아 :
'여기-에서-떠나는 것', 그것이 내 목표야."

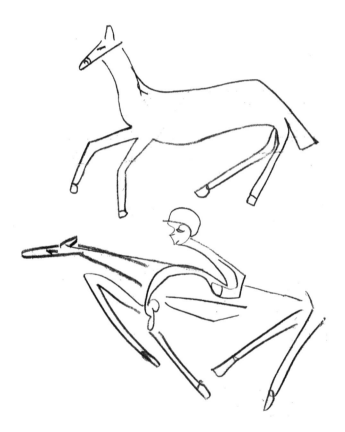

2) 「창세기」35장 23~26절에서 언급된 야곱의 열두 명의 아들 가운데
아홉 번째 아들의 이름이다. 야곱은 잇사갈을 "짐을 싣고 웅크리고 있는 힘센
나귀"와 같다고 말했다.

검투사

산책용 지팡이를 든 남자

울타리에 갇힌 사람

생각하는 사람

1883년   7월 3일 프라하에서 상인 헤르만 카프카와 율리에
            카프카(결혼 전 성은 뢰비) 사이의 장남으로 출생. 이후
            남동생 둘은 영아 때 사망하고, 여동생 세 명이 태어남.

1889~1893년   독일계 학교인 플라이쉬마르크트 초등학교에 다님.

1893~1901년   구도시의 킨스키궁(宮)에 있는 독일계 김나지움에 다님.
            김나지움에 들어가고 얼마 지나지 않아 글을 쓰기 시작함.
            1901년 7월 김나지움 졸업자격시험을 치름.

1901~1906년   프라하의 독일계 대학인 카를페르디난트 대학에서 수학.
            처음에는 화학, 독문학, 예술사 강의를 듣다가 최종적으로
            법학을 공부하기로 결심함.

1902년   10월 막스 브로트와 처음 만남.

1904년   단편 「어느 투쟁의 기록(Beschreibung eines Kampfes)」 집필
            시작.

1906년   6월 법학 박사학위 취득 국가시험을 치르고, 막스 베버의
            동생인 알프레트 베버 교수로부터 법학 박사학위를 받음.
            「어느 투쟁의 기록」 초판 완성.

1906~1907년   프라하 지방법원과 형사법원에서 법무 실습을 함.

1907년   미완성 단편 「시골에서의 결혼 준비(Hochzeitsvorbereitungen
            auf dem Lande)」 집필. 프라하에 있는 이탈리아계 보험
            회사에 입사해 1908년 7월까지 근무.

1908년   3월 작품을 처음 발표. 격월간지 《히페리온(Hyperion)》에
            「관찰(Betrachtung)」이라는 제목의 짧은 산문들이 발표됨.
            7월 30일 프라하의 반(半)국영 노동자산재보험공사에 임시
            관리로 입사함. 오전 8시부터 오후 2시까지 근무. 이후
            1913년 부서기관, 1920년 서기관, 1922년 수석서기관으로
            승진.

1909년	초여름부터 일기를 쓰기 시작함. 9월에는 막스 브로트와 그의 동생 오토 브로트와 함께 북부 이탈리아로 여행을 떠남. 곧이어 프라하 일간 신문《보헤미아(Bohemia)》에 이탈리아 브레시아에서 열린 에어쇼를 관람하고 쓴 보고문을 기고. 가을에는 「어느 투쟁의 기록」 2판을 집필하기 시작.
1910년	3월 말 비교적 짧은 산문들이 「관찰(Betrachtung)」이라는 제목으로《보헤미아》에 실림. 10월에는 막스 브로트, 오토 브로트와 함께 파리로 여행을 떠남.
1911년	여름에 막스 브로트와 함께 스위스, 북부 이탈리아, 파리로 여행. 9월 말에는 취리히 근교 에얼렌바흐 자연치료 요양원에 머무름. 몇 달 동안 프라하에서 순회공연 중이던 동유럽 유대인 극단과 만남. 극단 배우 이착 뢰비와 우정을 나눔. 12월 아버지가 가족 소유의 석면 회사에 신경을 쓰지 않는다는 이유로 카프카를 비난함. 근무를 하지 않는 오후에 회사를 감독하겠다고 아버지와 약속.
1912년	6월 체코의 무정부주의자 프란티셰크 소우쿱의 "미국과 관료 제도"라는 제목의 슬라이드 강연을 들음. 이 강연이 미완의 장편소설『실종자(Der Verschollene)』구상에 자극을 주게 됨. 여름에 막스 브로트와 함께 라이프치히와 바이마르를 여행함. 이어서 하르츠의 슈타펠부르크 근처 융보른에 있는 자연치료 요양원을 찾아감. 8월 프라하의 막스 브로트 집에서 펠리체 바우어와 처음 만나고, 9월부터 편지를 주고받기 시작. 단편소설 「판결(Das Urteil)」과 「변신(Die Verwandlung)」 집필. 겨울에 장편소설『실종자』를 일부 완성(막스 브로트에 의해 1927년 「아메리카」라는 제목으로 처음 출간됨). 12월, 카프카의 첫 번째 책이 라이프치히의 에른스트 로볼트 출판사에서 『관찰(Betrachtung)』이라는 제목으로 출간됨.

1913년	펠리체 바우어와 편지를 자주 주고받음. 5월 말 장편소설 『실종자』의 1장인 「화부(Der Heizer)」가 쿠르트 볼프 출판사의 '최후의 심판' 시리즈로 발표됨. 6월 초 「판결」이 『아르카디아』 연감에 발표됨. 9월 빈, 베네치아, 그리고 리바를 여행함.
1914년	6월 1일 베를린에서 펠리체 바우어와 공식적으로 약혼. 7월 12일 펠리체 바우어와 파혼. 7월 뤼베크를 거쳐 덴마크의 온천장 마리엔리스트로 휴가를 떠남. 8월 초에 『소송』을 쓰기 시작함. 단편소설 「유형지에서(In der Strafkolonie)」를 집필.
1915년	파혼 이후 펠리체 바우어와 1월에 다시 만남. 잡지《디 바이센 블래터(Die Weißen Blätter)》 10월호에 「변신」을 실음. 카를 슈테른하임이 '존경의 표시'로 자신에게 수여된 폰타네 문학상 상금을 카프카에게 전달함.
1916년	펠리체 바우어와 다시 친밀한 관계를 맺음. 7월 그녀와 함께 마리엔바트로 휴가를 떠남. 시, 희곡, 산문, 비유 설화, 단장(斷章) 등을 팔절판 노트에 기록하기 시작함. 10월 말 쿠르트 볼프 출판사의 '최후의 심판' 시리즈 34권에 「판결」을 발표함. 11월 뮌헨에서 「유형지에서」 낭송회를 함.
1916~1917년	수많은 단편(특히 이 작품들은 단편집 『시골 의사(Ein Landarzt)』에 실린다.)이 흐라친의 연금술사 골목에 있는 여동생 오틀라가 세를 얻어 수리한 작은 집필실에서 탄생함.
1917년	초여름에 히브리어를 배우기 시작함. 7월 프라하에 온 펠리체 바우어와 다시 약혼함. 8월에 폐결핵 징후가 나타남. 9월 4일 폐결핵 진단을 받음. 11월 오틀라가 프라하로 와서 가족들에게 비밀에 부친 카프카의 병을 아버지에게 솔직하게 털어놓음. 오틀라는 오빠의 부탁을 받고 노동자산재보험공사를 찾아감. 소농으로 시골에서

여생을 보낼 계획을 한 카프카는 노동자산재보험공사에
연금을 신청하지만 연금 지급을 거부당함. 12월에 펠리체
바우어와 다시 파혼. 파혼의 표면상 이유는 카프카의
질병이었음. 펠리체 바우어는 카프카와 헤어지고 2년 후
은행가와 결혼하고, 1936년 가족과 미국으로 이주함.

1917~18년   여동생 오틀라가 경영하는 보헤미아 북부 취라우의
농장에서 요양 휴가를 보냄. 수많은 아포리즘이 탄생함.

1919년   여름에 율리에 보리체크와 약혼. 「유형지에서」가 가을에
쿠르트 볼프 출판사에서 출간됨. 11월에 「아버지에게
보내는 편지(Brief an den Vater)」가 탄생함.

1920년   1~2월 아포리즘 「그(Er)」를 집필하기 시작. 밀레나
예젠스카와 편지를 주고받게 됨. 밀레나는 카프카의
「화부」를 체코어로 번역함. 3월에 『카프카와의
대화(Gespräche mit Kafka)』의 저자 구스타프 야누흐를 알게
됨. 4월에 메란으로 요양 휴가를 떠남. 봄에 쿠르트 볼프
출판사에서 단편집 『시골 의사』가 출간됨. 7월 율리에
보리체크와 파혼함.

1920~1921년   마틀리아리의 타트라 고원에 치료를 목적으로 1920년
12월 중순부터 1921년 8월까지 머무름. 1921년 10월 초에
밀레나에게 자신의 일기를 모두 넘김.

1922년   1월 말에서 2월 중순 사이에 고산지대인 슈핀들러뮐레에
머무름. 미완의 장편소설 『성(Das Schloß)』을 집필하기 시작.
이 해에 「단식 광대(Ein Hungerkünstler)」가 탄생함. 7월 1일
카프카는 노동자산재보험공사에서 면직됨. 6월 말부터
9월까지 보헤미아의 숲인 루슈니츠 근교 플라나에서 보냄.

1923년   7월 초에 발트해의 온천장 뮈리츠에서 도라 디아만트와
처음 만남. 9월에는 프라하에서 베를린으로 이사해 도라
디아만트와 함께 지냄. 「작은 여인(Eine kleine Frau)」이
탄생함.

1924년	병세가 급속도로 악화됨. 3월에 막스 브로트와 함께 프라하로 돌아옴. 「요제피네, 여가수 또는 쥐의 족속(Josefine, die Sängerin oder Das Volk der Mäuse)」이 탄생함. 4월에는 오스트리아 남부의 오르트만에 있는 요양원 '빈 숲'에 머무름. 그 후 빈 대학병원 하예크 교수 클리닉에서 며칠을 보냄. 마지막으로 빈 근교 키얼링에 있는 호프만 박사 요양원으로 옮겨 감. 단편집 『단식 광대』의 교정을 보기 시작함. 5월 12일 막스 브로트가 카프카를 찾아옴. 6월 3일 사망. 6월 11일 프라하–스트라슈니츠의 유대인 공동묘지에 묻힘.
1931년	카프카의 아버지 사망.
1934년	카프카의 어머니 사망.
1942년	카프카의 세 여동생들이 아우슈비츠 강제 수용소에서 사망.
1952년	도라 디아만트 런던에서 사망.
1960년	펠리체 바우어 미국에서 사망.

아버지 헤르만 카프카(1910년)   어머니 율리에 카프카(1910년)

다섯 살 프란츠 카프카(1888년)

프란츠 카프카(1899년)

프란츠 카프카의 여동생들(발리, 엘리, 오틀라)

프란츠 카프카(1917년)

프란츠 카프카(1923년)

펠리체 바우어와 프란츠 카프카(1917년)

프란츠 카프카(1906년)

타트라 고원 요양원에서 지인들과 함께 사진을 찍은 프란츠 카프카(앞줄 오른쪽에서 두 번째, 1921년)

프란츠 카프카(1922년)

막스 브로트(1965년)

작품 번역에 사용한 텍스트들은 다음과 같다.

1897년 11월 20일, 후고 베르크만(Hugo Bergmann)의 시 문집 『오고 감이 있다』

1903년 11월 3일, 오스카 폴락에게 보낸 편지 「오늘 서늘하고 칙칙하다」, 「오래된 소도시에 서 있다」, 「사람들, 어두운 다리를 건너는」

1903~1904년에 생산된 『어느 투쟁의 기록』에서 「나는 골목길을 뛰어갔다」

1907년 8월 29일, 헤트비히 바일러(Hedwig Weiler)에게 보낸 편지 「석양 속에」

1908년, 격월간지 《히페리온》에서 「나무들」

1912년 9월 일기에서 「권태의 골짜기에서」

1913년 카프카의 첫 번째 책 『관찰』에서 「인디언이 되고 싶은 소망」

1912~1914년에 생산된 일기에서 「강한 소나기」, 「마음속 이 도르래」, 「공허, 공허, 공허」, 「너무 늦은」, 「바보짓이 아니다」, 「청춘의 무의미」

『시골길 아이들』의 마지막 부분과 1913년 카프카의 첫 번째 책 『관찰』에서 「나는 남쪽 도시를 향해 힘껏 달렸다」

일기에서 「내 실존의 형상」(1914년 12월 5일), 「모든 것을 잊다」(1916년 6월 19일), 「흑인들이 걸어 나왔다」, 「꿈을 꾸고 울어 봐라」(1916년 7월 19일), 「크게 울렸다」, 「아아 그들은 쓰고 있었다, 지옥의 가면을」, 「그는 그들의 무리에서 빠져나갔다」(1916년 7월 19일), 「너는 등불을 높이 들어라, 네가 앞장서라!」, 「오 아름다운 시간」, 「마을 광장」, 「상처의 묵은

햇수이다」, 「나쁜 것은 없어!」, 그리고 「공격」(1922년 3월 16일)
1917년 봄과 여름 사이 「시골 의사」에서 「그의 옷을 벗겨라,
    그러면 그가 치료할 것이다」, 「기뻐하라, 너희 환자들이여」.
1917년~1918년 무렵, 「죄, 고통, 희망 그리고 진실의 길에 대한
    성찰」에서 「굳이 필요는 없다」
1917년~1918년 무렵, 팔절판 노트에 실린 시
팔절판 노트 3에서 「진실의 길」, 「다람쥐 집에 갇힌 다람쥐처럼」,
    「가을의 오솔길처럼」, 「새장」, 「가시나무 덤불은」, 「신앙을
    가진 자는」, 「선한 사람들은 걷는다」, 「나는 내용을 알지
    못한다」, 「여전히 사냥개들은 뜰에서 놀고 있다」, 「말들은
    더 팽팽하게 조이면 조일수록」, 「세 가지 것」, 「우리는 보고
    놀랐다」, 「믿음」, 그리고 「며칠 바람이 잠잠하다」
팔절판 노트 4에서 「인류의 발전은」, 「아아 여기에 우리를
    위해 무엇이 준비되어 있을까!」, 「피리 소리가 유혹했다」,
    「작은 영혼이여, 그대는 춤을 추며 뛰어오르고」, 그리고
    「여름이었다」
팔절판 노트 5에서 「아무것도 나를 붙잡지 않는다」, 「추모 기간은
    끝났다」, 「달려라, 망아지야」, 「절 도와주세요」, 「너 까마귀,
    내가 말했다」
팔절판 노트 6에서 「악」, 「깊은 우물」, 「내가 밤에」, 그리고 「너는
    무엇을 슬퍼하는가, 고독한 영혼이여?」
팔절판 노트 7에서 「죽은 사람들의 많은 영혼은」, 「악이 놀라게
    하는 경우들이 있다」, 「중요한 것은」, 「행복을 이해해라」,
    「숨을 곳은 무수히 많고」, 「소유는 없다」, 그리고 「예전에는
    나는 이해하지 못했다」
팔절판 노트 8에서 「황량한 들」

1918년과 1920년 사이에 생산된 시
『공책과 철하지 않은 종이 묶음』에서 「너의 외투를 입혀 다오」,

「너는 벗어나 있다」, 「눈부신 달밤이었다」, 「그것은 첫 번째 삽질이었다」, 「초라하게 버려진 집이여!」, 「또다시, 또다시」, 「꿈을 꾸듯이 꽃이 매달려 있었다」, 「다양함」, 「결코… 아니다, 결코… 아니다」, 「통렬하게 가격하면서」, 「꿈들의 신」, 「꿈을 휘감아라」, 「평온을 유지하다」, 「가로수 길을 걷고 있는」, 「너를 방해하는 것이 무엇이냐?」, 「즐거운 동료들이 내려가고 있었다」, 「단련된 몸」, 「뾰족한 펜으로 그를 찾아라」, 「상쾌한 충만」, 「창조적이다」, 「모든 의도 밑에」, 「목표는 있으나」(1920년 9월 17일), 「잔해를 간직하다」(1920년 9월 21일), 「어떤 것」, 「까다로운 과제」, 「마치 우리가 가끔」, 「하나의 전환」, 「너는 너무 늦게 왔다」, 「너는 말한다」, 「아주 강한 빛으로」, 「오직 한 단어」, 「나는 헤엄칠 수 있다」, 「당신은 늘 죽음을 이야기하면서도」, 「꿈들이 도착했다」, 「제발 해 보게」, 「너는 결코 물을 끌어올리지 못한다」, 「나의 동경은」, 「내 인생을」, 「그는 고개를」, 「침대에서, 무릎을」, 「그는 충분히 싸우지 않았을까?」, 「달빛 속에서 숲이 숨을 쉬듯이」, 「지그재그로 된 선 세 개만 남겼다」, 「지푸라기 하나?」, 「죽음이 그를」 1920년 9월 14일, 「밀레나에게 보낸 편지」에서 「사랑은」 1922년 2월, 「돌연한 출발」: 「주인 나리 어디로 가시나요?」

사망 직전 키얼링 요양원에서 카프카는 후두의 염증 때문에 말을 할 수 없었다. 그래서 필담으로 의사소통을 했다. 그는 물을 마시는 것도 굉장히 힘들었다. 1923년, 「필담 쪽지」에서 「이건 이상하지」

nach einander. Aber warte, ich zeichne es auf. Eingehängtsein ist so: Wir aber giengen so:

Wie gefällt dir mein Zeichnen? Ja, ich war einmal ein großer Zeichner, nur habe ich dann bei einer schlechten Malerin schulmäßiges Zeichnen zu lernen angefangen und mein ganzes Talent verdorben. Denk nur! Aber warte ich werde dir nächstens paar alte Zeichnungen schicken, damit du etwas zu lachen hast. Jene Zeichnungen haben mich zu seiner Zeit, es ist schon Jahre her, mehr befriedigt, als irgendetwas. Liebste hast du denn zu meiner geschäftlichen Tüchtigkeit gar kein Vertrauen? Versprichst du dir für den Cartographen gar keinen Nutzen von mir? Was ich

지옥에서 부른 천사의 노래

1 카프카와 시

카프카는 비유적 성찰과 아포리즘 작성에 집중한
취라우 시절(1917년 9월~1918년 4월)을 제외하면 청소년 시절인
1897년(14세)부터 생의 마지막 해인 1923년(41세)까지 꾸준히
시를 썼다. 특히 카프카는 사춘기라는 감정 분출의 시기에 다른
시기보다 더 자주 시를 썼다.

카프카의 시는 주목을 받지 못한 채 그의 작품 전체에
광범위하게 산재되어 있다. 카프카는 일기, 편지, 살아 있을 때
출판한 인쇄물, 유고 등에 시를 잘 숨겼기 때문에 그의 작품에서
시를 찾아내기는 쉽지 않다. 카프카의 작품에서 빈더(Hartmut
Binder)가 찾아낸 시는 13편, 하인츠(Jutta Heinz)가 찾아낸 시는
12편이다. 빈더와 하인츠는 카프카가 직접 행과 연으로 구분한
텍스트만을 시로 간주하기 때문이다.

반면 슈바이게르트(Alfons Schweiggert)는 카프카의 청소년
시절부터 최초의 출판물인 『관찰』에서, 산문, 일기에서, 여덟 권의
'팔절판 노트'에서 '공책과 철하지 않은 종이 묶음'과 편지에서,
마지막으로 임종의 침상에서 작성한 메모 용지에서 카프카의
시적 재능을 인상 깊게 입증한다고 판단한 112편을 시로 간주해
추려 낸다.

카프카의 시에 대한 평가는 엇갈린다. 카프카의 시는 호평과
혹평을 동시에 받는다. 호평은 카프카가 본래의 의미에서 시를
짓는 사람은 아닐지라도, 결코 카프카의 주목할 만한 시적

재능을 부인할 수는 없다는 것이다. 카프카가 집중적으로
시 창작에 관여했다면, 그가 이 문학 장르에서도 인상 깊은
작품들을 만들어 냈을 것은 분명하다고 말한다. 카프카의 작품에
있는 습작 시, 파편의 시와 시적 단장은 이 영역에서 그의 능력을
분명히 감지하게 한다고 말한다.

특히 막스 브로트(Max Brod)는 『카프카-전기(Über Franz
Kafka)』에서 밝히듯이, 카프카의 작품에 들어 있는 시적 요소들에
경탄을 금하지 못했다. 브로트는 전혀 인식하지 못했던 카프카의
시에서 독특한 우수성을 칭찬했고, 게다가 카프카의 시에
대한 자신의 사랑을 카프카의 시구에 의거해 두 개의 리트
형태로(피아노 판본과 오케스트라 판본으로) 표현했다.

반면 혹평은 카프카는 일찍이 자신의 재능이 시의 영역에
있지 않았다는 걸 의식했으며 카프카 언어의 고유한 음악성과
리드미컬한 성격은 산문이라는 표현 수단에서만 펼쳐졌다는
것이다. 카프카는 시적으로 압축된 발화의 중요한 목표들을
사실은 자신이 서술 텍스트에서 실현했으며, 카프카의 시는
그 간결함 때문에 결국 스냅 사진에 불과할 수밖에 없으며,
카프카가 시에서는 산문에서와 같은 단순하지만 뚜렷이
구별되는 개성적인 문체를 연마하지 못했고 기껏해야 카프카의
시가 특히 산문 스타일의 특질을 적용시키거나 아니면 산문에
근접하는 경우에만 독창적이라는 것이다. 혹평은 전체적으로 볼
때 카프카의 시는 특별한 독창성을 보여 주지 못한다는 반응을
보인다. 한마디로 카프카의 시는 산문만 못하며 카프카에게는
시적 재능이 없다는 주장이다. 따라서 혹평은 카프카의 시를
시라고 부르지 않고 습작 시 혹은 시적 단상이라고 부른다.
결국 혹평은 '카프카를 시인으로 볼 수 있을까?' 혹은 '카프카의
파편의 시가 과연 시일까?'라는 회의적 질문으로 집약된다.

2 카프카의 시와 산문

글을 쓰는 동안에 시가 카프카의 관심을 끌지 않았던 것은
아니다. 오히려 카프카는 자신의 작품에서 산문과 시를 구분하는
것을 중요하게 생각하지 않은 것 같다. 심지어 카프카는
의도적으로 산문과 시를 서로 연결시키고 서로 침투시켰다.
사실 카프카의 많은 파편의 시가 산문으로 조판될 수 있듯이,
카프카의 많은 산문은 시로 만들어질 수 있다. 예를 들면
카프카는 출판업자 쿠르트 볼프(Kurt Wolff)에게 보낸 편지에서
산문 소품보다 분량이 훨씬 더 많은 단편소설 「판결」에 대해서
이렇게 썼다. "「판결」은 소설이라기보다는 시입니다, 따라서
「판결」이 효과를 거두려면 그 둘레에 여백이 필요합니다." 심지어
카프카는 직접 아래 보기처럼 동일한 텍스트를 처음에는
산문으로, 곧 뒤이어서 행과 연으로 구분해서 시의 형태로
만들려는 시도를 한다. 이것은 카프카가 시와 산문을 구분하려
하지 않으며, 시와 산문 사이의 과도기가 카프카에게는 존재하지
않는다는 사실을 보여 준다는 점에서 흥미롭다. 카프카의 산문이
시에 가깝듯이 카프카의 시는 산문에 가깝다. 카프카의 시는
'산문으로 된 시', 즉 산문시로 읽힐 수 있다.

> 내 인생을 나는 보냈다, 삶을 파괴하는 것을 자제하는
> 것으로.

> 내 인생을
> 나는 보냈다,
> 삶을 파괴하는 것을,
> 자제하는 것으로.
> (1920년 8월~가을)

이처럼 카프카의 경우 시와 산문의 구분은 무의미하다.

그럼에도 불구하고 카프카가 시 형식에 도전한 이유는 무엇일까?
그것은 고도로 발전된 언어 감정, 개별적인 소리와 단어에 대한
거의 본능적인 집착, 문장의 리듬에 대한 특출한 느낌을 가진
카프카가 시를 쓰지 않을 수 없었을 것이고, 또 시가 아주 적은
단어들로 하나의 세계를 감정으로 파악할 수 있는 예술이기
때문일 것이다.

3 카프카가 좋아한 시

카프카는 '소음과 혼잡스러운 단어들'이 표현을 방해하는
시들을 싫어한다. 베허(Johannes Robert Becher)의 시집에 대해
야누흐(Gustav Janouch)에게 카프카는 이렇게 말한다.

> "소음과 혼잡스러운 단어들이 우세해서 빠져나오기가
> 어려워요. 단어들은 다리가 아니라, 넘을 수 없는 높은
> 장벽이더군요. 나는 계속 형식에 부딪혀서 내용 안으로
> 들어갈 수 없군요. 여기서 단어들은 언어로 실체화되지
> 못하고 있어요. 절규예요. 그게 다예요."

오히려 카프카는, 예를 들면 프랑시스 잠(Francis Jammes)의 시와
같은 작품들을 "매우 단순하면서도 아주 행복하고 강인하다."고
높이 평가했다. 카프카는 시의 가치 등급을 정할 때 '단순함'이
최고의 규범이었다. '고요와 소박함'을 지닌 알베르트 그라프 폰
슐리펜바흐(Albert Graf von Schlippenbach)의 「먼 곳에서(In der Ferne)」,
요제프 폰 아이헨도르프(Joseph von Eichendorff)의 「작별(Abschied)」과
유스티누스 케르너(Justinus Kerner)의 「제재소의 방랑자(Der Wanderer
in der Sägemühle)」 등이 카프카가 좋아했던 시이다.

1912년 7월 22일에 카프카는 슐리펜바흐의 「먼 곳에서」에
대해 막스 브로트에게 다음과 같은 내용의 편지를 보냈다.

막스, 자네 아는가, 「이제 안녕…」이라는 노래를? 우리는
아침 일찍 이 노래를 불렀는데, 나는 이 노래를 베껴 썼네.
이 노래를 베껴 쓰는 작업이 내게 아주 특별히 강렬한
자극을 주었다네! 이 노래는 순수이며 정말 소박하다네.
각 연은 외침과 긍정의 고갯짓으로 구성되어 있네.

이 시에는 소도시에서 어머니, 아버지, 그리고 사랑하는
소녀와의 이별이 연출된다. 카프카는 이 시에 깊은 감동을
받았고 특히 규칙적이고 각 연이 감탄사로 이루어져 있는
시의 구성에 매혹됐다. 카프카는 이 시처럼 일상적이며, 멋
부리지 않은, 인간의 원초 경험에 맞추어 조정한 언어와 선율이
아름다운 언어의 동작을 서정적 형태로 평가했다.

> Nun leb wohl, du kleine Gasse,
> nun ade, du stilles Dach!
> Vater, Mutter, sah'n mir traurig
> und die Liebste sah mir nach.
>
> Hier in weiter, weiter Ferne,
> wie's mich nach der Heimat zieht!
> Lustig singen die Gesellen,
> doch es ist ein falsches Lied.
>
> Andre Städtchen kommen freilich,
> andere Mädchen zu Gesicht!
> Ach, wohl sind es andere Mädchen,
> doch die eine ist es nicht.
>
> Andre Städtchen, andere Mädchen,

ich da mitten drin so stumm!
Andre Mädchen, andere Städtchen,
o wie gerne kehrt ich um.

이제 안녕, 그대 작은 골목,
이제 안녕, 그대 조용한 지붕이여!
아버지, 어머니, 당신들은 나를 슬프게 바라보며
떠나보내셨지요.
사랑하는 여인은 나를 바라보며 떠나보냈지요.

여기 아득히, 아득히 먼 곳에서
나는 정말 고향에 가고 싶구나!
친구들은 즐겁게 노래 부르지만,
곡조가 틀린 노래네.

다른 소도시들이 물론 오네,
다른 소녀들을 보러!
아아, 다른 소녀들일지도 몰라,
하지만 한 소녀는 그렇지 않네.

다른 소도시들, 다른 소녀들
나는 그 속에서 말없이 있네!
다른 소녀들, 다른 소도시들,
오 난 정말 돌아가고 싶어.
　　　　　　　— 알베르트 그라프 폰 슐리펜바흐, 「먼 곳에서」

1922년 9월에 밀레나에게 보낸 편지에서 카프카가 언급한
낭만적인 시(詩)인 아이헨도르프의 「작별」과 케르너의 「제재소의
방랑자」는 단순한 민요 형식으로 목가적인 자연 풍경을

묘사한다. 이 두 시에서 서정적 자아는 자연과 직접 대화한다.
아이헨도르프의 시의 경우 세계에서 고독한 자로 자신을 표시한
서정적 자아는 숲속에 쓰여 있는 은밀하고 진지한 하나의 단어,
즉 죽음을 동경한다.

O Täler weit, o Höhen,
O schöner, grüner Wald,
Du meiner Lust und Wehen
Andächt'ger Aufenthalt!
Da draußen, stets betrogen,
Saust die geschäft'ge Welt,
Schlag noch einmal die Bogen
Um mich, du grünes Zelt!

Wenn es beginnt zu tagen,
Die Erde dampft und blinkt,
Die Vögel lustig schlagen,
Daß dir dein Herz erklingt:
Da mag vergehn, verwehen
Das trübe Erdenleid,
Da sollst du auferstehen
In junger Herrlichkeit!

Da steht im Wald geschrieben,
Ein stilles, ernstes Wort
Von rechtem Tun und Lieben,
Und was des Menschen Hort.
Ich habe treu gelesen
Die Worte, schlicht und wahr,

Und durch mein ganzes Wesen
Ward's unaussprechlich klar.

Bald werd ich dich verlassen,
Fremd in der Fremde gehn,
Auf buntbewegten Gassen
Des Lebens Schauspiel sehn;
Und mitten in dem Leben
Wird deines Ernsts Gewalt
Mich Einsamen erheben,
So wird mein Herz nicht alt.

오 계곡이여 저 멀리, 오 하늘이여,
오 아름답고 푸른 숲이여,
너는 나의 기쁨과 슬픔의
경건한 체류지!
저 바깥에서, 늘 실망에 빠져,
분주한 세계는 질주하는데,
너 푸른 하늘은 내 주변에
다시 호선을 그렸구나!

날이 새기 시작하고,
땅이 김을 내며 어슴푸레 빛나고,
네 마음에 들릴 정도로
새들이 즐겁게 지저귈 때,
그때 우울한 세상의 고뇌는
없어지고, 사라지리라
너는 화려한 젊음으로
소생하리라!

숲속에 쓰여 있네,
올바른 행동과 사랑,
그리고 인간의 소중한 것에 대한
은밀하고, 진지한 한 단어가.
나는 충실하게 읽었지
소박하고 진실한 그 말을,
그랬더니 내 존재 전체는
그 말을 아주 분명하게 깨닫게 됐지.

곧 나는 너를 떠날 테고,
낯선 곳에서 낯설게 갈 테고,
다채롭게 움직이는 골목에서
삶의 구경거리를 볼 테지.
그리고 삶의 한가운데서
너의 진실의 힘이
고독한 나를 끌어 올릴 테지.
그러면 내 마음은 늙지 않으리.
　　　　　── 요제프 폰 아이헨도르프, 「작별」

　아래 케르너의 시는 카프카의 작품에 들어 있는 카프카적인
모티프들과 마조히즘의 특성을 상기시킨다. 이 시에서는
전나무가 번쩍거리는 톱에 의해 분해된다. 이것은 훼손하는
행위이다. 훼손하는 행위가 직접 문학으로 전환된다.

Dort unten in der Mühle
Saß ich in süßer Ruh',
Und sah dem Räderspiele
Und sah den Wassern zu.

Sah zu der blanken Säge,
Es war mir wie ein Traum,
Die bahnte lange Wege
In einen Tannenbaum.

Die Tanne war wie lebend;
In Trauermelodie,
Durch alle Fasern bebend
Sang diese Worte sie:

Du kehrst zur rechten Stunde,
O Wanderer hier ein,
Du bist's, für den die Wunde
Mir dringt ins Herz hinein!

Du bist's, für den wird werden,
Wenn kurz gewandert du,
Dies Holz im Schoß der Erden
Ein Schrein zur langen Ruh'.

Vier Bretter sah ich fallen,
Mir ward's ums Herze schwer,
Ein Wörtlein wollt' ich lallen,
Da ging das Rad nicht mehr.

저 아래 제재소에
달콤한 휴식을 즐기며 나는 앉아서,
톱의 회전을
그리고 물을 쳐다보고 있었네.

번쩍거리는 톱을 바라보았네,
내게는 꿈같았어,
한 그루 전나무에
길게 여러 길이 만들어졌지.

전나무는 살아 있는 것 같았어.
슬픔의 선율로
온몸을 떨면서
전나무는 이런 노래를 불렀지.

제시간에 돌아와라,
오 방랑자여 여기로,
너는 내 마음에 상처를 입히는
바로 그 사람이다.

네가 잠시 방랑하는 동안
너를 위해서 대지의 품속에 있는 이 나무는
긴 휴식을 위한 관(棺)으로 바뀔 테지.

널빤지 네 개가 떨어지는 것을 나는 보았지,
나는 마음이 무거웠어,
나는 한마디 말을 웅얼거리고 싶었어.
그때 톱은 더 이상 움직이지 않았지.
　　　　　　— 유스티누스 케르너, 「제재소의 방랑자」

　또 카프카는 중국 시의 간결성과 형상의 정확성에 매혹됐다.
물론 카프카는 독일어로 번역된 중국 시를 읽었다. 카프카는
1905년 한스 하일만(Hans Heilmann)에 의해서 피퍼 출판사에서
산문으로 번역되어 출판된『12세기부터 현대에 이르는 중국

시』라는 시선집에서 얻은 중국 시에 대한 지식으로 펠리체
바우어를 놀라게 했고, 막스 브로트에게는 이 중국 시선집을
선물했다. 이 시선집에 수록된 중국 시는 주로 고독, 결혼,
에로티즘과 독신자의 갈등을 다루고 있다. 그 시들 가운데
카프카는 특별히 청나라 문인 원매(袁枚)(1716~1798)의 「심야에」를
좋아했다.

> In der kalten Nacht habe ich über meinem Buch
> die Stunde des Zubettgehens vergessen.
> Die Parfüms meiner goldgestickten Bettdecke
> sind schon verflogen, der Kamin brennt nicht mehr.
> Meine schöne Freundin, die mit Mühe bis dahin
> ihren Zorn beherrschte, reißt mir die Lampe weg.
> Und fragt mich: Weißt du, wie spät es ist?

> 차가운 밤에 나는 책을 읽느라
> 잠자리에 들 시간을 잊었습니다.
> 금실로 수를 놓은 이불의 향기가
> 이미 사라졌고, 벽난로는 더 이상 타오르지 않습니다.
> 그때까지 간신히 화를 참고 있었던
> 나의 아름다운 여자 친구가
> 내게서 전등을 빼앗아 갑니다.
> 그리고 내게 묻습니다. 당신은 지금 얼마나 늦은
> 시간인지 알아요?
>
> ── 원매, 「심야에」

이 시를 카프카는 직접 1912년 11월 24일 펠리체에게 보낸
편지에서 언급했다. 이 편지에서 카프카는 펠리체 바우어에게
밤에 자신에게 보낼 편지를 쓰지 말라고 간청했다. 펠리체는 잠을

더 잘 자야 하고 힘든 일상 업무에서 벗어나 휴식을 가져야 했기 때문이다. 카프카는 밤일을 자신의 활동 범위로 생각하는 것 같다. 그래서 카프카는 이렇게 쓴다.

밤일은 도처에서, 중국에서조차도, 남자들에게 속한다는 증거로 책장에서 책을 하나 가져와 그대를 위해 짧은 중국 시를 하나 베껴 드리겠습니다. 여기 있군요. 이 시는 시인 원매의 시로 이런 주석이 달려 있군요. "재능이 많고 조숙하며 관리로서 빛나는 경력을 갖고 있고, 인간으로서나 예술가로서나 여러 면에서 비범하다."

아마 카프카는 이 주석에서 자신의 경력과 유사점을 인식했을 것이다. 계속해서 카프카는 편지에서 이렇게 말한다.

그 밖에도 시를 이해하기 위해 유복한 중국인들은 잠자기 전 침대에 향기로운 향료를 뿌린다는 것을 알아야 합니다. 어쩌면 이 시는 약간 점잖지 못할지도 모릅니다. 부족한 점잖음은 이 시의 아름다움이 보충해 줄 것입니다. 여기 그 시가 있습니다. 어떻습니까?

카프카는 이렇게 펠리체에게 물었고 곧이어 직접 대답했다. "사람들이 실컷 음미해야 할 시입니다."

4 카프카의 시

카프카가 좋아한 시인은 괴테, 횔덜린(Friedrich Hölderlin), 횔티(Ludwig Heinrich Christoph Hölty), 월트 휘트먼(Walt Whitman) 등이다. 카프카는 특히 이 시인들의 시에서 보이는 독자적인 리듬, 자유로운 운율 아니면 적어도 교대하지 않는 각운이 없는 시행과 비교적 덜 엄격한 연의 구분에 마음이 끌렸다. 카프카의 시는 이 세계에 대한 불안(고독, 슬픔, 불행과 죽음, 덧없음, 공포)과 또 다른 세계에 대한 동경(저항, 자유와 행복)을 표현하는 전통적인 형상들을 자유 운율로 나타낸 무운의 시로 다음의 아포리즘에 묘사된, 이 세계와 또 다른 세계 그 어디에도 소속하지 못한 인간 존재의 모형을 그리고 있다.

> 그는 자유롭고 안전한 지상의 시민이다. 왜냐하면 그는 지상의 모든 공간을 자유롭게 활보하기에 충분한 길이의 쇠사슬에 묶여 있기 때문이다. 그러나 유감스럽게도 지상의 한계를 벗어나게 해 줄 수는 없을 만큼의 길이이다. 그러나 동시에 그는 자유롭고 안전한 천상의 시민이기도 하다. 왜냐하면 그는 지상의 쇠사슬과 비슷한 길이의 천상의 쇠사슬에 매여 있기 때문이다. 이제 그가 지상으로 가려고 하면 천상의 목줄이 그의 목을 죄고, 그가 천상으로 가려고 하면 지상의 목줄이 그의 목을 죈다.

카프카의 최초의 시는 청소년 시절 친구 후고 베르크만(Hugo Bergmann)의 시 문집에 들어 있는 후고 베르크만에게 헌정하는 시다. 열네 살의 카프카는 첫눈에 보기에도 통속적인 느낌을 불러일으키는 시구를 쓴다. 이 시에서 주목할 만한 것은 사고의 움직임으로 인해 운의 종결과 행의 종결이 지연된다는 사실이다. 종결의 지연은 오고/감, 이별/재회와 같은 이미지의 대립을 거부하고 대립적인 이미지들 사이에 리드미컬한 비틀거림을 만들어 낸다. 카프카의 이 최초의 시에는 죽음이 현존한다.

오고
감
이별이 있다

그것도 자주 —— 재회는 없다.

(1897년 11월 20일)

1903년 11월 8일 카프카를 외부 세계와 연결해 주는 '창'의
기능을 했던 오스카 폴락(Oskar Pollak)에게 보낸 편지에서
카프카는 이렇게 쓴다. "여기에 몇 개의 시구가 있네. 편안한
시간에 읽어 보게." 이 발언 뒤에는 "오늘 서늘하고 칙칙하다",
"오래된 소도시에 서 있다", 그리고 "사람들, 어두운 다리들을
건너" 등으로 시작하는 세 개의 시구가 뒤따른다. 이 시에서
카프카는 표현주의 초기의 배열 스타일과 버림받고 경직된
실존의 형상을 제시한다.

오늘 서늘하고 칙칙하다.
구름은 굳어 있다.
바람은 잡아당기는 밧줄이다.
사람들은 굳어 있다.
발걸음은 금속성 소리를 낸다
청동과 같은 돌에 부딪혀,
그리고 두 눈은 바라본다
넓고 흰 바다를.

오래된 소도시에 서 있다
작고 밝은 크리스마스 장식을 한 집들이,
그 집들의 다채로운 유리들이 쳐다본다
눈발이 흩날리는 작은 광장을.
달빛이 밝은 광장에서 걸어간다
조용히 한 남자가 눈을 맞으며 앞을 향해,
그 남자의 커다란 그림자를
바람이 그 작은 집들 위로 옮긴다.

사람들, 뿌연 작은 전등을 들고
성자들 곁을 지나
어두운 다리를 건너는.

구름들, 노을에 물든 탑들이 솟은
교회들 옆을 지나
잿빛 하늘 위를 흐르는.

한 사람,
마름돌 난간에 기대어
저녁 강을 바라보는
두 손을 오래된 돌에 얹고.

(1903년 11월 8일)

카프카는 이 시에서 겨울 프라하의 풍경을 묘사한다. 세기
전환기의 문명 비판의 담론에서 도시는 소외, 군중, 지나치게
지적인 사고, 현대의 신경과민의 장소로 비판받는다. 프라하는
'맹수의 발톱을 지닌 어머니'로 의인화된다. 프라하는 카프카가
살면서 입었던 손실 중에서 카프카에게 가장 큰 개인적인
손실을 입힌 도시였다. 따라서 카프카에게 프라하에서의 삶은
살아남기였다.
　형식적인 변주 때문에 이 세 개의 시구가 실제로 하나의
전체를 이루는지는 분명하지 않다. 동일한 장소 이외에 자연의
기본 요소(구름, 바람, 돌, 물)의 영역에서 나온 일반적으로 사용된
모티프들과 이 세 개의 연의 구조를 이루는 의미론적인 언어의
대립(빛/그림자, 움직임/경직, 생기 있는 것/생기 없는 것)은 이 세 개의
시구가 함께 하나의 전체를 형성한다는 주장을 뒷받침한다.
다리에 기댄 고독한 '한 사람'은 프라하의 역사인 '오래된
돌'과 직접적이며 지각할 수 있는 접촉을 한다. 그는 자신의

확고한 입장에서 마름돌 난간에 기대어 요동치는 '저녁의 강'을
내려다본다.

카프카가 헤트비히 바일러(Hedwig Weiler)에게 보낸 편지에는
카프카의 시 「석양 속에」가 있다. 카프카는 이 시의 2연을
「어느 투쟁의 기록」의 초판에 수용한다. 하지만 2판에서는 다시
탈락된다. 이 시의 배경은 여전히 프라하다. 이번에는 저녁 산책의
목적지로서 프란츠 다리 아래 슈첸인젤이다. 당시 슈첸인젤은
그늘이 많은 자갈길과 음식점 때문에 프라하 시민들에게 인기
있는 장소였다.

이 시의 1연은 우울, 무기력, 슬픔을 담고 있다.
'깜박이다(blinzeln)'라는 눈에 띄는 어휘를 이미 니체는
『차라투스트라는 이렇게 말했다』의 머리말에서 삶의 무력감을
표현하기 위해서 사용했다. 2연은 인간의 실존의 상황을
환기시킨다. 즉 동요와 불안을 환기시킨다. 넓은 공간은 공허와
고독을 암시하며, 사람들의 제스처는 슬픔과 체념을 표현하고
사람들은 거대한 저녁 하늘 아래서 방황한다. 이 때문에
사람들은 대체할 수 있는, 불안정한 부속물이 되는 반면,
대조적으로 자연에는 고전적인 숭고의 모티프가 부여된다.

석양 속에
우리는 등을 구부리고 앉아 있다
초원의 벤치에 두 팔을 아래로 축 늘어뜨린 채
두 눈은 슬프게 깜박인다.

그리고 사람들은 옷을 입고
비틀거리면서 자갈밭을 산책한다
저 멀리 언덕으로부터
머나먼 언덕까지 펼쳐져 있는
이 거대한 하늘 아래서.

(1907년 8월 29일)

「어느 투쟁의 기록」의 초판 1장에 기록된 아래의 3행시는
'아름다운 흰색 옷을 입은 소녀'와 그 소녀의 사랑에 대한
행복감을 느끼는 추억에 젖은 '나'-화자가 등장한다. 이 시에서는
'나'의 매우 긴장이 풀린 감정을 언어로 구체적으로 표현하기
위해서 시적인 언어 형식을 감정을 끌어올리는 수단으로
사용한다.

이 시에 덧붙인 산문에서 카프카는 '나'-화자의 행복을
이렇게 표현한다. '나'는 마음이 가벼워져서 게으른 두 팔로 수영
동작을 하면서 고통도 없이 힘도 들이지 않고 앞으로 나가고,
'나'의 머리는 서늘한 바람 속에 편안하게 누워 있고 흰옷을 입은
소녀의 사랑은 '나'를 슬프게 유혹한다.

> 나는 골목길을 뛰어갔다
> 마치 술에 취해 달리는 사람처럼
> 쿵쿵 소리를 내면서 허공 속으로
> (1907/1908년)

카프카는 「작은 영혼이여, 그대는 춤을 추며 뛰어오르고」
라는 아래의 시를 스스로 높이 평가했다. 그래서 린츠의 예술품
수집가 파힝어(A. M. Pachinger)를 방문했을 때 파힝어가 카프카에게
자신의 여자 친구의 방명록에 무엇인가 적어 달라고 요청하자
카프카는 방명록에 이 시를 적었다. 당시 상황을 카프카는
자신의 일기에 이렇게 기록했다.

> 나는 쓴다. "작은 영혼이여, 그대는 춤을 추며
> 뛰어오르고"라고. 그는 큰 소리로 읽는다. 나는 거든다.
> 마침내 그가 말한다. "페르시아 리듬이었던가? 그 리듬을

뭐라고 하더라? 가젤 시행이었지? 안 그래?" 우리는
여기에 대해 동의할 수 없지만 그가 생각하는 것이
무엇인지 알아낼 수도 없다. 드디어 그는 뤼케르트의
리토르넬이라고 말한다. 그렇다. 그가 말하고자 했던 것은
리토르넬이었다. 그런데 그것도 아니란다. 어련하시겠는가.
하지만 그것도 나름대로 좋은 음향을 가지고 있다.

이 시는 카프카의 시에서 특별한 위치를 차지한다. 카프카와
관련해서 이 시의 특이한 점은 카프카의 아주 명랑하고, 해방된,
정말로 애정 어린 영향력, 춤추는 듯한 움직임의 경쾌함, 압도적인
봄의 정취다. 더 이상 그 어떤 양가적 감정도 없고, 어두운 죽음의
전조도 없다. '또 다른 카프카'가 말하는 것 같다. 결국 카프카는
잠시 또 다른, 자신의 시적 언어에 도취된, 마침내 해방된
카프카를 생각한다.

> 작은 영혼이여,
> 그대는
> 춤을 추며 뛰어오르고,
> 따스한 공기 속에 머리를 드리우고,
> 바람에 거칠게 흔들리는
> 반짝이는 풀밭에서,
> 두 발을
> 쳐드는구나.
> (1909년 9월)

여동생 발리가 약혼한 날인 1912년 9월 15일의 일기에
카프카는 음울한, 리듬과 은유에서 호프만스탈(Hugo von
Hoffmannsthal)에게 자극받은 두 편의 4행시를 쓴다. 이 시는
여동생에게 닥칠 속박에 대한 카프카의 슬픔을 반영한다. 이

시는 몇 개의 대구를 갖고 움직인다. 하나는 2연의 하강하는 필치와 대비되는 1연의 상승하는 언어의 운동에서 언어적으로 전복된 것처럼 보이는 상승과 하강이고, 다른 하나는 '수상한 남자들'과 '어린이들'이다.

권태, 힘 북돋우기와 반복되는 피로의 연속에 순환이 암시되어 있다. 이 순환을 임박한 결혼식에 적용하면, 역설적인 세대 모형이 드러난다. 권태와 피로는 본래의 상태로, 처음의 상태와 마지막 상태로 묘사되고, 이 두 상태 사이에서 '힘'은 단지 짧은 막간을 제공할 뿐이다. 유년 시절은 인간의 자연스러운 상태가 아니라 짧은 전성기에 지나지 않는다. 이 짧은 전성기는 어른이 되는 과정에서 '수상한 남자들'로 인해 불가피하게 다시 파괴돼야만 한다.

> 권태의
> 골짜기에서
> 우리는 벗어난다
> 다시 힘을 내어
>
> 어린이들이
> 피로해질 때까지
> 기다리는
> 수상한 남자들
> (1912년 9월 15일)

1916년 7월 19일에 쓴 시 한 편이 있다. 이 시에서 며칠 전에 약혼녀 펠리체와 처음으로 육체 관계를 가졌던 카프카는 새로운 성적 경험을 이야기한다. '뿌리치다'라는 부정적인 표현과 하강의 모티프는 여동생 발리(Valli Kafka)의 약혼과 관련된 시를 기억하게 한다. 이 시는 일종의 판결로 끝난다. 이 판결에 맞서 '준비가 된

양손'에 의해 불가항력적으로 끌린다고 느끼는 무력한 사람은
저항할 수 없다.

불쌍한 족속이여
꿈을 꾸고 울어 봐라
너는 길을 찾지 못한다,
길을 잃었다
아, 이럴 수가!
이것이 너의 저녁 인사이다,
아, 이럴 수가!
아침 인사이다

나는 아무것도 하고 싶지 않다
그저 무력한 나를 끌어내리기 위해
뻗치는 심연의 양손을 뿌리치고 싶다.

나는 준비가 된 양손 안으로
무겁게 추락한다.

(1916년 7월 19일)

아래 시는 병렬로 구성된 문장들 안에서 내적인 것과 외적인
것이라는 근본적인 대립의 변주 주위를 맴돈다. 그 목적은 이
대립을 마지막에 해소하지 않고 거부하기 위한 것이다. 내용과
형식, 열쇠와 자물쇠, 풍문과 진실의 구분은 존재하지 않는다.
오직 자신을 알지 못하지만, '그것은 바로 나 자신이기 때문에'
자신을 오해의 여지가 없이 다시 알게 되는 자아만 존재한다.

나는 내용을 알지 못한다,
나는 열쇠를 갖고 있지 않다,

나는 풍문을 믿지 않는다,
모든 것이 이해될 수 있다,
왜냐하면 모든 것이 바로 나 자신이기 때문이다.
(1916년 12월 24일)

단편소설 「시골 의사」에는 두 개의 노래가 있다. 이 노래는
마을에서 학교 합창단의 어린이들에 의해 불린다. 이 두 시구에서
의사-환자 관계의 역설적 전복으로 인해 부득이하게 발생한 시골
의사의 불가피한 죽음이 요구된다. 자칭 어린이 합창단의 축제의
노래는 고대 그리스 비극의 합창단이 부르는 집단적인 운명의
노래를 연상시키는 어두운 만가(輓歌)로 드러난다.

그의 옷을 벗겨라, 그러면 그가 치료할 것이다,
그리고 그가 치료하지 않으면, 그를 죽여라!
그는 단지 의사일 뿐, 단지 의사일 뿐.

기뻐하라, 너희 환자들이여,
의사가 너희들의 침대에 누웠다!
(1917년 1월/2월)

아래 시에서 카프카는 삶의 '덧없음'을 노래한다. 죽은
사람들은 그들의 궁극적인 소멸에 저항한다. 죽음의 강은
격분하여 죽은 사람들을 삶으로 되돌려 보낸다. 죽은 사람들은
다시 삶(살게 된 것)에 감사하면서 즐길 수 있는 육체를 걸치고
행복을 찬양한다. 그들은 덧없는 세상에 집착하고, 소멸을
늦추려는 희망을 품으면서 소멸의 강물을 달래며 쓰다듬는다.
그러나 그들이 원하든 원하지 않든 소멸은 이루어진다.

죽은 사람들의
많은 영혼은
오로지 죽음의 강의 물결을 핥는 데
여념이 없다,
아직도 우리 바다의 짠맛을
지니고 있기 때문이다.

그러면 강물은 역겨움으로
솟구쳐 올라,
거꾸로 흘러서
죽은 사람들을
삶으로 되돌려 보낸다.
그러나 죽은 사람들은 행복하여,
감사의 노래를 부르며
격분한 강물을 달랜다.

(1917년 10월~1918년 2월)

아래 시는 연애시처럼 시작한 것(나무 아래에 침대를 준비하는 일)이
죽음의 환상으로 변한다. 준비된 침대는 이 맥락에서는 잎사귀로
뒤덮인 무덤일 수 있다. 불러낸 욕망은 동시에 삶에 대한
욕망이기도 하고 죽음에 대한 욕망이기도 하다.

아아 여기에 우리를 위해 무엇이 준비되어 있을까!
나무들 밑에 침대와 잠자리,
녹색의 어둠, 마른 잎사귀,
햇빛은 없고, 축축한 냄새.
아아 여기에 우리를 위해 무엇이 준비되어 있을까!

욕망은 우리를 어디로 내모는가?

이 욕망을 얻을까? 이 욕망을 잃을까?
우리는 의미 없이 재를 마시고
우리 아버지를 질식시킨다.
욕망은 우리를 어디로 내모는가?

욕망은 우리를 어디로 내모는가?
집 밖으로 계속 내몬다.

(1918년 3/4월)

아래 시는 신(神)만이 구현할 수 있는 과제를 수행해야
하는 미지의 인물의 고통을 묘사하고 있다. 분명히 불가능한
과제임에도 불구하고 그의 손발에는 세계를 결합시킬 과제가
주어진다. 이 인물은 두 발로 세계를 결합시키려고 한다. 하지만
이 두 발은 전혀 디딜 곳이 없고, 두 손은 이러한 수고를 견디기
위해서 공중 높은 곳에서 경련을 일으킨다. 두 손은 허공에 있고,
붙잡을 것이 아무것도 없고, 경련을 일으켜서 고통스럽고 무익한
제스처를 취한다. 이 제스처는 아이러니하게도 이 고통에서
살아남기 위한 수단이지만, 경련은 고통에서 살아남는 데 전혀
소용이 되지 않는다. 두 손은 고통스러워할 뿐이다. 결국 이
인물은 신만이 구현할 수 있는, 세계를 결합시키는 까다로운
과제를 수행하지 못한다.

까다로운 과제,
다리 역할을 하는
부서지기 쉬운 각목 위를
까치발로 걸어 지나간다.
두 발 밑에는 아무것도 없고
두 발로 겨우
땅을 긁어모은다.

그 땅 위로 사람이 걸어갈 것이다.
다름 아닌
발아래
물속에 비친,
자신의 모습 위를 걸어갈 것이다.
두 발로
세계를 결합시킨다.
이러한 수고를 견딜 수 있기 위해서
두 손은 단지 공중 높은 곳에서
경련을 일으킨다.

(1920년 8월~가을)

　아래 시가 어느 정도 「작은 영혼이여, 그대는 춤을 추며
뛰어오르고」를 기억나게 하는 것은, 이 시가 사지의 특별한
떨림에 표현된 긴장이 풀린 명랑한 분위기가 지배적이기
때문이다. 이 시에는 일련의 양가 감정의 병존이 '폐기하다/
간직하다(aufgehoben)'의 중의성에서 '거무스름한' 정취에
이르기까지 담겨 있다. 따라서 시의 장면은 사랑의 장면으로,
같은 정도로 죽음의 장면으로 읽힐 수 있다. 사지는 최종적으로
죽음에서 행복하게 풀리고 잔해는 마침내 '거무스름한' 무덤
속에 폐기/간직된다. 무덤 속에서는 잎이 무성한 수풀이
머리카락과 불가분하게 서로 얽힐 것이다.

　　잔해를 간직하다.
　　행복하게 풀린 사지
　　달빛이 비치는 발코니 아래.
　　배경에는 약간 잎이 무성한 수풀이
　　머리카락처럼 거무스름하다.

(1920년 9월 21일)

카프카가 1920년 늦여름에 기록한 아래 시는 일종의 삶의 결산을 표시한다. 결국 화자 '나'는 동경의 대상인 과거, 현재, 그리고 미래와 함께 작은 초소에서 삶을 마감한다.

옛날이
나의 동경이었다,
현재가
나의 동경이었다,
미래가
나의 동경이었다,
그리고 이 모든 것들과 함께
나는 죽는다
길가 작은 초소에서,
옛날부터 곧추선
관 속에서,
국가 소유의
토지에서.
내 인생을
나는 보냈다,
인생을 파괴하는 것을
자제하는 것으로.

(1920년 8월~가을)

카프카의 목표는 '여기-로부터-떠나는 것'이다. 이 시에서 주인이 그의 목표라고 말하는 '여기-로부터-떠난다' 함은 이름 붙일 수 있는 모든 것(특정한 장소, 모든 장소, 외견상 정상적인 인간 집단)에서 떠나는 것이다. 이 여행이 지닌 소름 끼치는 점은 주인이 굶어 죽는 것에도 아랑곳하지 않고 '여기'를 떠난다는 사실이다. '엄청난 여행'을 위해 주인은 모든 종류의 소유를 포기한다. 이

시가 문제 삼고 있는 '여기'는 오직 소유와 소유의 관계들만을
다루고 있는 '허위의 세계'를 가리킨다.

"주인 나리, 어디로 가시나요?"

"모른다" 나는 말했다,
"단지 여기에서 떠나는 거야, 단지 여기에서 떠나는 거야.
끊임없이 여기에서 떠나는 거야,
그래야 내 목표에 도착할 수 있어."

"그러시다면 나리께서는 목표를 아신단 말씀인가요?"
그가 물었다.

"그렇다네" 내가 대답했다.
"내가 이미 말했잖아:
'여기-에서-떠나는 것', 그것이 내 목표야."
(1922년 2월)

카프카의 시는 파편의 시다. 사실 카프카는 파편의 시의
전통에 서 있다. 카프카는 파편의 시의 가장 중요한 선구자들
가운데 한 사람으로 세계와 세계 질서의 도래하는 파괴를
예감했다. 카프카는 횔덜린을 잇는 시인이다. 이미 횔덜린은
자신의 완성되지 않은 찬가를 완성된 짧은 시라고 밝혔고 이로써
파편의 시를 완성된 작품의 지위로 끌어올렸다.
카프카의 파편적인 글쓰기 방식은 그의 시, 산문, 소설 등 작품
전체에 적용된다. 심지어 카프카의 세 편의 장편소설도 파편이다.
파편(Fragment)은 카프카의 문체가 완성되는 '유일한 형식'이다.
카프카의 파편적인 글쓰기 방식은 카프카가 「만리장성을 축조할
때(Beim Bau der chinesischen Mauer)」에서 묘사한 장성을 축조할

때 사용한 '부분 축조 체계(System des Teilbaues)' 방식과 정확히 일치한다. 장성 축조 "공사를 이런 방식으로 하다 보니 물론 큰 틈이 많은 곳에서 생겨났다. 그 틈들은 점차 서서히 메워지기는 했지만, 여러 틈은 심지어 장성 축조가 이미 완성된 것으로 공포되고 나서야 비로소 메워진 것도 있었다. 실제로는 아예 메워지지 않은 그런 틈들도 있다."

카프카는 결코 메워지지 않을 틈을 자신의 작품 여기저기에 남겨 둔다. 카프카는 자신의 작품을 내면의 실존과 외부의 실존의 폐허를 재료로 삼아 만들었다. 카프카의 작품은 언제나 파편들로만 제조될 수 있는 전체를 향해 끊임없이 접근하는 중에 파편으로 남았고 남아 있어야만 했다. 이러한 측면에서 볼 때 카프카에 의해 보존된 모든 파편이 이른바 '완성된 파편'이듯이, 카프카의 파편의 시도 '완성된 파편'일 수도 있다. 카프카의 파편의 시는 붕괴하는 세계의 파편적인 성격과 일치한다.

카프카의 파편의 시는 폐허의 세계의 몰락에 맞서는 시인 카프카의 최후의 보루일지도 모른다. 카프카의 시의 상당수는 '그처럼 뚜렷하게 끊기는 구절을 통해서도 이미 어떤 슬픈 미래를 가리키고' 있다. 슬픈 미래와의 전쟁에서 카프카는 자신이 폐허 더미 속에서 보았던 것을 기록할 수밖에 없다. 왜냐하면 그는 다른 사람들과 다르게 보고 더 많은 것을 보기 때문이다. 그런 의미에서 카프카의 시는 대부분 폐허의 세계를 목격한, 폐허에서 살아남은 자의 기록이다.

이 카프카 시전집은 카프카의 일기, 편지, 살아 있을 때 출판한 작품과 유고 등에서 카프카의 시(적인 것) 116편을 따로 떼어서 한국어로 번역한 최초의 시도이다. 총 5부로 구성된 이 시전집은 1부는 고독, 2부는 불안, 불행, 슬픔, 고통, 공포, 3부는 덧없음, 4부는 저항 그리고 5부는 자유와 행복의 모티프를 중심으로 묶었다.

카프카 시전집은 '카프카의 시는 과연 시일까?' 또는
'카프카는 시인일까?'라는 질문에 숨겨진 카프카의 시와
시인으로서의 카프카에 대한 잘못된 편견에 도전하는 작업이다.
이 카프카 시전집을 통해 독자는 카프카의 주목할 만한 시적
재능과 시인 카프카를 확인할 수 있을 것이다.

2024년 2월
편영수

프란츠 카프카와 어머니 율리에 카프카의 초상

세계시인선 58   우리가 길이라 부르는 망설임

1판 1쇄 펴냄 2024년 2월 10일
1판 4쇄 펴냄 2024년 4월 29일

지은이   프란츠 카프카
옮긴이   편영수
발행인   박근섭, 박상준
펴낸곳   (주)민음사

출판등록 1966. 5. 19. (제16-490호)
주소   서울시 강남구 도산대로1길 62
              강남출판문화센터 5층 (06027)
대표전화 02-515-2000   팩시밀리 02-515-2007

www.minumsa.com

ⓒ 편영수, 2024. Printed in Seoul, Korea

ISBN 978-89-374-7558-0 (04800)
        978-89-374-7500-9 (세트)

der freunden ansi ne vierven primerre ... –
dan er

세계시인선 목록